Lothar Schmidt

Luigi Cafarelli

Komödie in 3 Akten

Lothar Schmidt

Luigi Cafarelli
Komödie in 3 Akten

ISBN/EAN: 9783743434752

Hergestellt in Europa, USA, Kanada, Australien, Japan

Cover: Foto ©Andreas Hilbeck / pixelio.de

Manufactured and distributed by brebook publishing software (www.brebook.com)

Lothar Schmidt

Luigi Cafarelli

Uebersetzungsrecht für alle anderen Sprachen vorbehalten.

Für sämmtliche Bühnen im ausschließlichen Debit der

Verlags-Firma A. Entsch in Berlin.

Von dort aus allein ist das Recht der Aufführung zu erwerben.

Lothar Schmidt.

Lothar Schmidt. pseudo

Alle Rechte vorbehalten.
Ent. at Stat. Hall, London.
Berlin 1898.

Für Oesterreich-Ungarn beliebe man sich an meinen Rechtsvertreter Herrn **Dr. O. F. Eirich,** Hof- und Gerichts-Advokat, **Wien II Pratergasse 38,** zu wenden.

Dieses Manuscript darf von dem Empfänger weder verkauft, noch verliehen, noch sonst irgendwie weitergegeben werden, widrigenfalls die gerichtliche Verfolgung wegen Mißbrauchs und resp. Schadloshaltung des Autors beantragt wird.

Berlin W., Jägerstraße 20.

A. Entsch

Inhaber: **Theodor Entsch**
bevollmächtigter Vertreter des Autors.

Personen-Verzeichniß.

Emma Niedenhein, Inhaberin eines Musikinstituts.
Bertha, ihre Schwester.
Else
Martha
Paula } Schülerinnen des Nieden-
Hedwig hein'schen Instituts.
Miß Mary Newman
Frl. Zierer, Lehrerin daselbst.
Graf von Rhode.
Luigi Cafarelli.
Frau Marie Sander, seine Wirthin.
John, Diener.
Ein Dienstmädchen, eine Bedienungsfrau.

Zeit: Gegenwart.
Ort der Handlung: Berlin.

Erster Akt.

Ein Unterrichtszimmer im Konservatorium. Mittelthür, Seitenthür rechts vom Zuschauer. Im Vordergrunde ein Tisch mit 6 Stühlen, dessen eine Langseite dem Zuschauer zugewandt ist:

Emma. Siehst Du und das Zimmer hier habe ich, während Du verreist warst, für den Sprachunterricht eingerichtet.

Bertha. Ganz hübsch! Und auch hell genug. Sind inzwischen neue Schülerinnen dazu gekommen?

Emma. Ja, drei Stück: in der dritten Klasse zwei, in der zweiten eine.

Bertha (lächelnd). Alles der neue Lehrer! ... Hab' ich Dir nicht immer gesagt: Mit den Weibsleuten ist es nichts; nimm eine Mannsperson für das Italienische?

Emma. Ja freilich, Du hast ja ganz recht gehabt, aber es gab doch immerhin manches dabei zu bedenken: Erstens sind die Lehrerinnen um die Hälfte billiger und dann . . . . na, Du weißt ja: ein Alter, das hätte gar keinen Sinn gehabt, und diese jungen Italiener, wenn sie nur 'n bischen was vorstellen, verdrehen den Mädeln gleich die romantischen Köpfe. Man kann doch nicht immer und ewig dabei sitzen!

Bertha. Allerdings! ... aber das ist doch schließlich auch nicht Deine Sache. Die Hauptsache ist, daß sie was Ordentliches lernen, das Andere ist Sache der Eltern, respektive Vormünder ... — Haben wir's denn etwa anders gemacht? Als wir jung waren, haben wir uns da nicht immer in den hübschesten Lehrer verliebt auf der Schule?

Emma. Auf der Schule, als Backfische: das ist ein Unterschied! Du darfst nicht vergessen, daß meine Zöglinge meist erwachsene, heirathsfähige Mädchen sind.

Als Manuscript gedruckt.

Bertha. Pah!... um so weniger bist Du verantwortlich für ihr Thun und Lassen.

Emma. Hm, das kennt man schon: wenn irgendwie das Geringste vorkommt, werde ich doch verantwortlich gemacht. Denk blos an die Meta Fiebig! Wie leicht hätte da 'n Malheur passiren können. Wenn ich nicht das Briefchen an Cafarelli rechtzeitig abfing?

Bertha. Ja, das war wirlich skandalös!

Emma. Und was ist die Folge meiner Uneigennützigkeit? Was hab' ich davon, daß ich den Eltern Mittheilung machte?... Die Fiebig darf nicht mehr weder in die Gesangstunde noch in den italienischen Unterricht kommen...; also einen Ausfall von 25 Mark monatlich!

Bertha. Die Leute sind wirklich zu dumm! Anstatt Dir dankbar zu sein, schädigen sie Dich, anstatt dem Fräulein Tochter gehörig die Leviten zu lesen, verlangen sie, Du sollst Cafarelli entlassen... — Was kann denn der arme Mensch dafür?

Emma. Na, da kennen sie mich doch oberflächlich!... Ich müßte grabezu verrückt sein, wenn ich einem solchen Lehrer kündigen sollte; seit den zwei Monaten, wo ich ihn habe, ist die Zahl der Schülerinnen fürs Italienische ums Doppelte gestiegen.

Bertha (ironisch lachend). Jaja, auf einmal dieser Eifer; wer hätte das gedacht?... Früher begnügten sie sich, wenn sie zur Noth so 'n bischen die Aussprache lernten, jetzt möchten sie am liebsten fix und fertig parliren....! Freilich, verstehen läßt sich's: er ist wirklich ein bildhübscher Mensch... Und so interessant! Es liegt was drin in dem Gesichte. Gleich am ersten Tage sagte ich das, erinnerst Du Dich?... noch ehe ich irgend was Näheres über ihn wußte...

Emma (unterbrechend). Na, eigentlich Näheres wissen wir doch auch heute noch nicht?

Bertha. Nu nein, aber so ein gewisser Nimbus von Don Juan und Abenteurer...

Emma (unterbrechend, ärgerlich). J bewahre!.... alles leeres Gewäsch und Geklatsch!

Bertha (begütigend). Mein Gott, ereifre Dich nur nicht gleich!... es ist doch schließlich nichts Böses...

Emma (heftig) Ganz gleich!... ich kann das alberne Gerede nicht leiden!

Berth (ironisch lächelnd, mit dem Finger drohend). Du, Du!

Emma (erröthend). Was denn?

Bertha (wie oben). Mir scheint, . . . der Cafarelli hat es Dir ebenfalls angethan.

Emma (entrüstet). Ach Unsinn!

Bertha. Liebes Kind!.. mir machst Du doch nichts weis! Stickt man sonst so mir nichts Dir nichts jemandem ein goldenes Monogramm in den Ueberzieher?

Emma. So?... ich hab' mich bloß für die Attrape mit den Pralinées revanchiren wollen.

Bertha. Und die seidene Börse?

Emma. Die ist nicht von mir.

Bertha. Red' doch nicht!... es ist ja dieselbe, die ich Dir zum Geburtstag schenkte... Nicht? Dann zeig' mir doch gefälligst, wo Du sie hast!... Bitte, komm' rauf in die Wohnung und zeig' sie mir!

Emma. Ich laß mich nicht kontrolliren.

Bertha. Und ich laß mich nicht düpieren!... Glaubst Du vielleicht, weil ich 4 Wochen verreist war, ich wüßte nicht was inzwischen vorgegangen ist.

Emma (wendet sich ab).

Bertha (nach einer Weile ihr von hinten die Hand auf die Schulter legend). Emma!

Emma (wendet sich langsam wieder um).

Bertha. Emma, ich bin doch Deine Schwester, Deine Freundin!... ich frage doch nicht aus Neugierde.

Emma (herb). Ich weiß schon ... ich weiß Alles.

Bertha. Was weißt Du?

Emma (heftig). Ich weiß, was Du mir antworten würdest, wenn ich Dir offen und ehrlich sagte: „Ja ich habe für diesen Italiener etwas übrig und, falls er wollte würde ich ihn ... heirathen."

Bertha (schweigt).

Emma. Siehst Du, wie ich recht habe!

Bertha (lachend). Aber ich habe ja überhaupt nichts geantwortet!

Emma. Keine Antwort ist auch eine Antwort in diesem Falle. Das heiße doch soviel wie: „Liebe Schwester, Du bist verrückt. Der Cafarelli hat nicht nur kein Geld, er ist auch acht Jahre jünger wie Du. Von Neigung kann bei ihm keine Rede sein; er würde eine Ehe mit Dir nur als eine Versorgungsanstalt betrachten".

Bertha. Gut, nehmen wir an, ich hätte so oder so ungefähr geantwortet — was würdest Du erwidern?

Emma (zuckt mit den Schultern).

Bertha. Weil sich eben was Vernünftiges dagegen nicht einwenden läßt ... Hat er denn irgend welche Absichten zu erkennen gegeben?

Emma. Nein, das könnt' ich grade nicht behaupten; er war nur immer sehr nett und höflich gegen mich.

Bertha. Das ist er gegen alle Damen und Dir gegenüber als der Vorsteherin und der ... Aelteren dürfte er ohne jede Verbindlichkeit es sogar noch ein bischen mehr sein.

Emma (weinerlich). Du hältst mir immer mein Alter vor!

Bertha. Muß ich es nicht, wo ich die Schwester in der Gefahr sehe, eine große Dummheit zu begehen? (Die Mittelthür geht auf. Paula Frerich, zwischen 17 und 18 Jahr, mit einem gedruckten Buch im blauen Umschlag unterm Arm tritt ein).

Paula. Guten Tag Fräulein Niedenhein! (reicht ihr halb knixend, halb sich verbeugend die Hand). Guten Tag! (ebenso der Schwester).

Emma (lächelnd). Nun, Fräulein Paula? .... hübsch fleißig gewesen?

Paula. O furtbar, Fräulein Niederhein! ... Ach diesmal war aber auch die Lektion so furtbar schwer!

Emma. So? ... Bei welcher Lektion hält denn jetzt die erste Klasse?

Paula (stolz). Vigesima ottava .... bei der achtundzwanzigsten!

Emma (lächelnd). Sie brauchen nicht zu dolmetschen; ich verstehe.

Paula (vertraulich). Ist es wahr, daß Sie bei Signor Cafarelli heimlich Privatstunden nehmen?

Emma (verlegen). Ich? ... Das heißt ... mein Gott, man kann sich doch als Vorsteherin nicht gut durch Unwissenheit vor den Schülerinnen blamieren? ... Woher wissen Sie denn übrigens, daß mir Herr Cafarelli Unterricht giebt?

Paula (lachend). O wir wissen alles, was Signor Cafarelli thut; wir spionieren alles aus!

Als Manuscript gedruckt.

Bertha (betonend). Alles Fräulein?
Paula (schweigt betroffen, dann nach einer Weile). Fast alles.
Emma (streng). Fräulein Paula, ich wünsche nicht, daß sich die Klasse mehr um Herrn Cafarelli bekümmert, als es im Interesse Ihrer Fortschritte im Italienischen unbedingt nothwendig ist!.... Verstehen Sie mich, Fräulein Frerich?...
(zu Bertha) Komm Schwester! (sie geht ohne zu grüßen, von Bertha gefolgt durch die Thür rechts. Beim Oeffnen derselben ertönen Klavierübungen, die aber verstummen, da Emma drinnen spricht): Fräulein Zierer, lassen Sie jetzt aufhören und sobald die Stunde beginnt, gehen Sie, bitte, hinein (schließt die Thür).

Paula (hat aufmerksam den für sie berechneten Worten gelauscht. Nun stampft sie ärgerlich mit dem Fuße auf und zieht einen Flunsch. Darauf setzt sie sich an den Tisch und öffnet das Buch. Sie blickt ein wenig hinein, nimmt aber bald aus der Kleidertasche ein Spiegelchen und streicht sich kokett die Stirnlöckchen zurecht. Dann erst beginnt sie noch einmal rasch die Lektion zu memorieren, indem sie die beiden Zeigefinger in die Ohren steckt, gelegentlich aber die Rechte wieder vom Gesicht fort nimmt und die eine Hälfte der Vokabeln mit der Hand bedeckt). tirare ziehen, tirare ziehen, tirare ziehen.

il tiracciulo der Pfropfen, il tiracciulo der Pfropfen, il tiracciulo; . . . il tiraturacciulo der Pfropfenzieher, il tiraturacciulo . . . il tiraturacciulo . . . il tiraturacciulo . . . . Ach (seufzt) . . . il tiraturacciulo! . . . . .
Come stà la Sua Signora Madre? . . . Wie geht es Ihrer Frau Mutter!
Come stanno i Suoi Signori fratelli? Wie geht es Ihren Herren Brüdern?
Grazie, i miei fratelli stanno bene, ma il loro cagnolino è ammalato. Ich danke, meinen Brüdern geht es gut, aber ihr Hündchen ist krank.
Il tiraturacciulo der Pfropfenzieher, il tiratur . . . .
(die Stubenthür wird geöffnet und gleich wieder zugemacht). Er ist noch nicht da! . . . il tiraturacciulo . . . il tiraturacciulo.
Lo specchio der Spiegel . . . lo specchione der große Spiegel . . . lo specchietto der kleine Spiegel (sie nestelt wieder den Spiegel aus der Tasche und beguckt sich) lo specchietto der kleine Spiegel . . . lo specchione der große Spiegel . . . . lo specchietto der kleine Spiegel.
(Die Mittelthür wird geöffnet und Else Reuter, etwa 18jährig, tritt ein, sie nähert sich sacht auf den Fußspitzen der ihr den Rücken kehrenden Paula und blickt ihr über die Schulter.)

Als Manuscript gedruckt.

Guardarsi nello specchio sich in den Spiegel schauen
... guardarsi nello specchio sich in den Spiegel schauen.
La signorina è bella, perció guarda sempre nello specchio, das Fräulein ist hübsch, drum sieht sie immerzu in den Spiegel.

Elsa (lachend). Das steht ja gar nicht da; es steht ja da vanitosa, eitel!

Paula. Pfui, Else, das ist gar nicht hübsch von Dir, daß Du mich so erschreckst und belauschst!

Else. Kannst Du die Lektion?

Paula. Ach geh, ich bin ganz böse!

Else (den Hut ablegend, sich setzend). Du wirst schon wieder gut werden!

Paula. Nein, ich bin wirklich ernsthaft böse.

Else. Wetten, daß Du wieder gut wirst, wenn ich Dir was sehr, sehr Interessantes erzähle? ... Rath mal von wem?

Paula (neugierig). Von Luigi?

Else. Von Luigi!

Paula (aufspringend). Ach, bitte!

Else. Eigentlich verdienst Du nicht, daß ich Dir's sage...

Paula. Ach bitte, bitte! (streichelt sie) Ach, sei doch lieb, ja?

Else. Denk mal: Als er rüber nach Deutschland kam und ehe er Stallmeister beim Grafen Hochstedt wurde, war er vier Wochen lang ...

Paula (ungeduldig). Na?

Else. Nicht wahr, Kleine, das möchtest Du gar zu gerne wissen?

Paula. Du, ich werde gleich wieder böse sein!

Else. Impresario bei der Togniazioni.

Paula. Bei der berühmten Sängerin?

Else (nickt).

Paula. Das ist aber wirklich furbar interessant!

Else. Und wenn Du erst hören würdest, warum er von der Togniazioni fort ist ...

Paula. Pfui! wie kannst Du mich nur so auf die Folter spannen!

Else. Weil er sich nicht wollte ... (leise) lieben lassen von ihr.

Paula. Die ist aber auch so alt und häßlich! ....
Der arme Mensch, was der bloß wird haben leiden müssen!

Else (überlegen). Lächerlich! ... sei nur nicht gleich wieder so überspannt, Paula! ... Was soll er denn dabei gelitten haben?

Paula. Nun, wenn sie ihn z. B. hat küssen wollen ...?

Else (lachend). Da wird er sich eben gewehrt haben.

Paula. Ja, aber so eine gefeierte Diva! Da kann er doch nicht einfach sagen: „Ich dank' schön Signora: ich mag nicht?"

Else. Natürlich kann er das! er wird's auch gethan haben; ich sagte Dir ja, daß er aus diesem Grunde fort ist von der Togniazioni ...! Uebrigens: so ein Theaterkuß: davon stirbt man nicht ... Höre Paula, daß Du niemanden was von der Sache verräthst! es könnte ihm leicht bei seinen Stunden und auch hier im Institut schaden! Du giebst mir Dein Wort darauf?

Paula (die Hand reichend). Mein heiligstes Ehrenwort!

(Martha Gerstner und Hedwig von Segern durch die Mitte).

Else. Na, da sind ja die Unzertrennlichen! (Begrüßung).

Martha (den Ollendorf parodierend). Haben Sie die schöne Lektion des guten Italieners gelernt?

Else. Nein, ich habe die schlechte Lektion des schönen Italieners gelernt, aber die Wachtel meines Oheims ist heiser.

Hedwig (zu Paula). Ach bitte, Fräulein, wie wird doch gleich dieses Wort ausgesprochen?

Paula. Il tiraturacciulo. (Alle setzen sich um die Plätze streitend und öffnen dann die Bücher).

Hedwig. Ich danke! ... tiraturacciulo .. tiraturacciulo .. tiraturacciulo. (Die Reihenfolge ist: innere Langseite links: Hedwig, rechts: Martha; äußere Langseite links: Else, rechts: Paula

Else. Laß uns die Plätze tauschen, Paula!

Paula (kindisch schmollend). Nein! .. ich bin froh, daß ich endlich auch mal neben ihm zu sitzen komme!

Else. Ist das der Dank für meine Güte von vorhin?

Paula (halb weinerlich). Nein, das kannst Du aber nicht verlangen; ich will auch mal glücklich sein!

Hedwig (ebenfalls schmollend). Mir nimmt man auch immer den guten Platz neben Luigi fort.

Martha (parodirend). Sind die Plätze gut oder schlecht? Nein, die Plätze sind weder gut noch schlecht; die einen sind so gut wie die andern; denn der schöne Italiener, in dem er

Unterricht ertheilt, bleibt selten sitzen, sondern läuft nervös von einem Platze zum andern.

Else. Gut Fräulein; dann wollen wir beide wechseln! Ja?

Martha. Ach, da wir schon mal sitzen, mag's so bleiben.

Else. Sie thun mir einen riesigen Gefallen Fräulein?

Martha. Das nächste Mal.

Else. Ich erzähl' Ihnen auch was von Luigi..?

Martha. Pikantes?

Else. Sehr pikant.

Martha. Na, meinetwegen! (beide erheben sich, treten bei seite und plaudern leise).

Paula (entrüstet). Aber Else!... (Da Else sich nicht stören läßt, tuschelt sie nun Hedwig ebenfalls die Geschichte von der Tagniazioni ins Ohr).

Else—Paula (nach einer Weile fast gleichzeitig). Aber hübsch stille sein! Nicht weiter sagen!

Martha—Hedwig (ebenfalls fast gleichzeitig). Aber selbstständlich! Kein Sterbenswörtchen!

(Else und Martha begeben sich wieder auf ihre Plätze, wobei, wie verabredet jene mit dieser tauschen will).

Martha. Nein, nein!... daraus wird nichts.

Else (entrüstet). Sie haben mir's doch versprochen?

Martha. Sie haben mich getäuscht.

Else. Ich?... wieso?

Martha. Weil ich annehmen mußte, daß Sie mir wunder was Interessantes mittheilen würden... Wenn's weiter nichts ist!

Else (mit heftigen, kleinen Schritten auf ihren Platz zurückkehrend, hüstelnd). Hunk, hunk... Das werd' ich mir merken!... Das werd' ich mir schon merken!

Martha. Da weiß ich was viel Schöneres!

Hedwig—Else—Paula (stecken neugierig die Köpfe zu Martha herüber).

Martha (erst nach der Mittel-, dann nach der Seitenthür schauend, während die anderen ihren Blicken folgen. Martha legt den rechten Zeigefinger an den Mund, mit gedämpfter Stimme).

Cafarelli hat ein Verhältniß mit irgend einer hochgestellten Dame oder sowas . . . Meine Schneiderin, die ihm gegenüber wohnt, sagte mir, daß dreimal in der letzten Woche eine hochelegante Equipage vor seinem Hause hielt . . . Der Kutscher und der Bediente hatten goldbetreßte Livreen an. Der Bediente sprang jedesmal vom Bocke und trug ein Billet hinauf.

Else (laut auflachend). Soll ich Ihnen sagen was in dem Briefchen stand?

Martha (erstaunt). Nun?

Else (lachend). Geehrter Herr! Sie wollen die Güte haben mich heut um die und die Zeit zu besuchen.

Martha. W . . . wieso wissen Sie das?

Else (wie oben). O, ich weiß noch viel mehr: Der Brief trug folgende Adresse: Herrn Ernst Buddenbrock. Besagter Buddenbrock wohnt nämlich in ein und demselben Hause mit Cafarelli und ist . . . Hühneraugenoperateur!

Martha (spöttisch). Sie mögen im Allgemeinen sehr genau unterrichtet sein, aber diesmal haben Sie fehlgeschossen. Erstens läßt sich kein Mensch dreimal in der Woche den pédicure kommen und sodann weiß ich aus bester Quelle, daß die Billets an Signor Luigi Cafarelli adressiert waren.

Else (ironisch). So?

Martha (in demselben Tone). Ja! . . Meine Schneiderin hat sich natürlich erkundigt und zwar bei dem Barbier unten im Laden, den der Bediente das erste Mal fragte, ob nicht hier ein Italiener namens Cafarelli wohnte . . . Der Barbier hat die Adresse mit seinen eigenen Augen gelesen.

Else. Und wenn das schon wahr wäre? . . was beweist es? . . . Glauben Sie, eine vornehme Dame, die ein so elegantes Gespann hält, wird in so auffälliger Weise mit Caferelli korrespondieren.

Hedwig. Il tiraturacciolo . . . il tiraturacciolo . . . (zu Else). Da haben Sie ganz recht.

Paula. Ich glaube auch.

Else (zu Martha). Wenn wenigstens Ihre Schneiderin so schlau gewesen wäre in Erfahrung zu bringen, wem das Gespann gehört! . . Ich gebe Ihnen die Versicherung: meine Schneiderin hätte sich intelligenter benommen.

Martha. Sie hat ja auch eins von ihren Nähmädchen runter geschickt um den Kutscher auszuhorchen.

Else. Nun und...?

Martha. Der Kutscher aber war sehr grob und hat gesagt: „Det geht Ihnen garnischt an".

Paula. Ist es wahr, daß er nicht nach Italien zurück darf?

Else. Unsinn!... Da müßte er doch verbannt sein!

Hedwig. Nu ja... wegen politischer Geschichten.

Paula. Nein, wegen eines Duells.

Hedwig. Nein!

Paula. Jawohl!

Else. Hach, was da bloß alles zusammengefabelt wird! 's wirklich komisch! kein Mensch weiß das Geringste und jeder phantasiert drauf los, was das Zeug hält.

Frl. Zierer (von nebenan den Kopf durch die Thüröffnung steckend). Ich wollte nur sehen, ob denn Herr Cafarelli immer noch nicht da ist (verschwindet wieder).

Else (auf die Uhr sehend). Gott, wie die sich gleich dadrin haben, wenn er sich mal 'n bischen verspätet!... es ist keine zehn Minuten nach Vier!

Miß Newman (durch die Mittelthür. Sie ist mit ausgesuchter Eleganz gekleidet und betritt mit leichtem Kopfnicken und mit überlegener Miene das Zimmer. Sie legt den Hut ab, mustert mit flüchtigem Blick die vier Mädchen und stellt sich darauf ans Fenster. Die Mädchen sprechen leise mit einander, bewundern ihre Toilette und schauen verstohlen und kichernd nach ihr hinüber, während Miß Newman ziemlich laut und nervös mit den Fingern gegen die Scheiben trommelt. Endlich setzt sie sich an die rechts vom Zuschauer befindliche Schmalseite des Tisches).

Martha. Verzeihung Miß Newman, das ist Signor Cafarellis Platz!

Miß Newman. Well, dann wird er sich dorthin setzen (deutet auf den leeren Platz vis-à-vis).

Paula (protestirt lebhaft mit Miene und Geste).

Else. Ja eben! Dann wird er sich zwischen mich und Fräulein Hedwig setzen.

Martha (zu Hedwig). Woll'n wir tauschen?

Hedwig (schüttelt den Kopf).

Else (frohlockend). Sehen Sie! Das ist ihnen ganz recht!

Miß Newman (ohne von dem Gespräch Notiz genommen zu haben, erhebt sich, rückt ihren Stuhl verächtlich beiseite und begiebt sich ins Nebenzimmer).

Martha. Aha! Der paßt's wieder nicht, daß sie keinen Polstersessel hat!

Hedwig. Sie denkt vielleicht, sie sei etwas Besseres als wir, weil sie eine reiche Amerikanerin ist.

Else. Meinetwegen mag sie einen Polstersessel haben und noch drei seidene Kissen darauf! Das läßt mich kalt. Was mich wurmt, ist, daß sich Casarelli gegen sie anders benimmt, als gegen uns. Uns betrachtet er noch halb als Backfische, sie dagegen behandelt er mit einem Respekt und einer Zuvorkommenheit, als wäre sie eine Prinzessin. Ich glaube gar sie imponiert ihm.

Paula (die inzwischen ans Fenster getreten ist und dort ihre Lektion memoriert, indem sie spähende Blicke auf die Straße wirft). Il tiraturacciolo ... il tiraturacciolo ... il tiraturacciolo.

Martha. Die reiche Amerikanerin hat viel Geld, aber der arme Italiener hat kein Geld. Die reiche Amerikanerin und der arme Italiener würden machen ein gutes Paar; dann sie werden können sitzen alle beide auf seidenen Kissen. Il danaro, das Geld; del danaro, des Geldes; al danaro, dem Gelde; il danaro, das Geld; dal danaro, von dem Gelde; ... L'amore, die Liebe; dell'amore, der Liebe; all'amore, der Liebe; l'amore, die Liebe; dall'amore, von der Liebe.

Hedwig. Nein, daß er sie aus Liebe zum Gelde bevorzugt, das glaube ich nicht von Luigi!

Martha. Nun und ich bemerke nicht, daß er sie aus Haß gegen das Geld vernachlässigt.

Hedwig. Hübsch ist sie, das muß man ihr lassen.

Else. Nu, 's ist nicht so gefährlich mit der Schönheit.

Martha. Ich finde sie fad und unsympathisch im höchsten Maße.

Else. Mir kommt es immer sehr spaßig vor, wenn sie so thut, als ob sie sich nichts aus ihm machte.

Martha. Das scheint ihn aber gerade zu reizen. Ich behaupte, Miß Newman ist eine ganz raffinirte Kokette.

Paula (vom Fenster zurückeilend). Er kommt, er kommt! (Bewegung unter den Mädchen. Miß Newman tritt wieder ein; hinter ihr ein Dienstmädchen mit einem Polsterstuhl, den sie an Stelle des früheren stellt.)

Miß Newman (sieht mit geringschätzigem Lächeln die Erregung der Schülerinnen; sie zieht das Portemonnaie und giebt dem Dienstmädchen ein Geldstück).

Dienstmädchen. Ach nein, aber nein, das kann ich ja garnicht annehmen!

Miß Newman (sich setzend, abweisend). Schon gut!
Dienstmädchen. Dank schön! (ab.)
Miß Newman (giebt bis zum Eintreten Cafarellis ihrer Ueberlegenheit über die Mädchen durch stummes Spiel Ausdruck, welche lautlos aber doch deutlich ihre Erwartung verrathen).
Luigi Cafarelli (etwa 26 Jahre alt, interessantes Gesicht, ausgesprochen italienischer Typus, sehr brünett; große, feurige, schwarze Augen, kecker schwarzer Schnurrbart, militärisch kurz geschnittenes Haupthaar. Seine Bewegungen sind elegant und lebhaft; er betritt mit schnellen Schritten durch die Mittelthür das Zimmer).
Signorine, buon giorno!
Die Mädchen ohne Miß Newman. buon giorno Signore!
Luigi Cafarelli (sich nähernd, mit weltmännischer Verbeugung). Le Signorine, come stanno?
Die Mädchen ohne Miß Newman. Grazie Signore, bene!
Miß Newman (sich halb zu Cafarelli umdrehend, der hinter ihrem Stuhle stehen geblieben ist; ihm nonchalant die Hand reichend, in gleichgültigem Tone). And you Mr. Cafarelli? How do you do.
Cafarelli (ihre Hand küssend). J thank you very well.
Miß Newman! (zu Allen). Was ist da—as? (auf die Wanduhr, dann auf die Taschenuhr blickend). Entweder die eine Uhr marschier zu langsam oder die andere zu snell?
Else (auf die Wanduhr blickend). Nein! die geht ganz richtig!
Cafarelli. Abber ist unmeglick!
Martha (ihre Taschenuhr vergleichend). Nein, es stimmt Signore!
Paula—Hedwig (nicken zustimmend).
Cafarelli (kopfschüttelnd). Merkwirdik! . . . . erst eit morgen ik ab reguliert mit Uhr von Rath—aus un jetzt schon wieder Differenz! . . . Jk glaub, mein arme Uhr ist, seitdem ik leb in Deitschland ist krank geworden . . ! In Italien ihr at nie etwas gefehlt.
Martha (scherzend). Vielleicht hat sie Heimweh?
Cafarelli. Eim—weh! . . (sinnend). Eim—weh!! . . ist eine schene, tiefe un ernste Wort, was Sie da sag mit läselnde Lippe Fraulein!
Martha. Haben Sie denn auch Heimweh!

Als Manuscript gedruckt.

Cafarelli. (Pause, dann wehmüthig lächelnd). Denke Sie eine Oranschbaum, Fraulein, welche at Gewohn—eit, fest mit seine Wurzel sik anzuklam—mern! ... Eine scheene Tag kommt sirkterlike Sturm mit Don—ner un Blitz, reißt die Oranschbaum aus Erde un tragt sie fort weit über die Alpi nak Deitschland... — In Deitschland die Oranschbaum versukt mit seine Wurzel die deitsche Boden anzufasse un wieder aufstehn. Einige gutte Menschen elfen ihr dabei. Abber es ist nix mit den Oransch. Er kann nikt bli—en in Deitschland, nok dusten, nok Frukte tragen, weil lept vaterlandlos unter fremde Immel. Brauke Sie diese Oranschbaum frage, ob sie at Eim—weh, Fraulein?

Hedwig (schüchtern). Aber... wenn Ihnen so bange ist, dann können Sie doch jederzeit nach Italien zurückreisen?

Cafarelli (kopfschüttelnd, melancholisch). No Signorina, ik kann nikt!.. ik will nikt, ik ab geschwore: Luigi Cafarelli entweder ist genannt mit Ehre in Italien oder lept verbannt freiwillik unter fremde Leite! Un dann von was ik sollte make mein Leben in Italien?... Was ik ab gelernt zu thun in Vatterland und für was ik bin geboren — man mir at ein für alle Mal verboten es zu sein in Italien! (Die Mädchen sehen sich an, überrascht von den dunklen Andeutungen; selbst Miß Newman hat aufmerksam zugehört).

Miß Newman. Und was war das?

Cafarelli. Oh, spreken wir nix davon!... Es wor schön un war gutt un .. un (lächelnd)... un jetzt wir wollen sein ein wenik fleißik, meine Damen! (auf seine Taschenuhr blickend). ... Sapristi, wir aben gefaulpelzt genung lange mir scheint.. (zu Hedwig, die Cafarelli's Mittheilung sichtlich sentimental gestimmt hat). Eh... Fraulein, warum Sie make eine so verdrußlike Gesikt? ... man muß nikt ernst nehme die Leben, sonst man ist betrogen! Lustik, immer lustik: buffoni di quà, buffoni di là; noi siamo tutti buffoni! ... Was eißt das in deitsch?... Nu? (ganz kurzes u).

Hedwig (mit gesenktem Kopf, zuckt die Schultern).

Cafarelli (zu Paula). Nu?

Paula (zuckt mit den Schultern).

Cafarelli (zu Else). Nu?

Martha (während Else nachdenklich vor sich hinsieht). Narren hier und Narren da; wir sind alle Narren ja!

Cafarelli (lachend). Gutt, sehr gutt!... makt sogar Reim: Narre ier un Narre da; ... wir sein alle Narre ja — Jk, indem muß geben italienisch Lektion, bin ein Narre un Sie, indem nehm bei mik italienische Lektion sein auk ... pardon: nein Sie sein al—le Engel! (verbeugt sich; darauf zu Frl. Zierer, die durch die Seitenthür eintritt). Ah, da komm' unser Ehrendam. (Begrüßung). ... bloß ein wenik zu junk für Ehrendam! (holt einen Stuhl und stellt ihn neben den leeren Stuhl vis-à-vis von Miß Newman).

Frl. Zierer (setzt sich). O, ich danke!

Cafarelli (sich wieder hinter Miß Newman stellend, indem er auf ihren Ollenborf deutet). Los!

Miß Newman (sich halb umwendend und ihn kokett fixirend). Cafarelli. Ja!... Sie mein ick: los!

Miß Newman (mit schelmischem Tadel). Los?... sagt man so zu einer Dame?

Cafarelli. Ja!... warum nikt?... Los — avanti! Ist zwar ein bisken militarisch abber sonst ganz gutt!

Miß Newman (lachend). Also meinetwegen ... los! (sie beginnt zu lesen). Hat der Engländer schon seine Rechnung bezahlt? — Nein er hat sie noch nicht bezahlt, aber der Papagei des Holländers hat Hunger (übersetzend, holprig). L'Inglese ... ha già pagato ... il suo conto? No!... egli non ... l'ha ancora pagato, ma il papagallo dell' Ollandese ha fame.

Cafarelli (über ihre Schultern sehend, dicht mit seinem Kopf den ihrigen berührend). Brava Signorina! ... bravissima! (klatscht in die Hände).
[Die übrigen Mädchen werfen sich lächelnd ironische Blicke zu, während Frl. Zierer mißbilligend Cafarelli's familiäre Pose betrachtet].

Miß Newman (fortfahrend). Der Kaufmann hat eine große Hand, aber die Frau des Kaufmannes hat ein reizendes, kleines Händchen! (übersetzend, holprig). Il mercante ha ... una mano grossa .. ma la moglie ... del mercante ha una ... una.

Cafarelli (indem er die linke auf den Rücken gehaltene Hand Miß Newmans streichelt) manina graziosa.

Miß Newman (sich umdrehend und ihm einen derben Klaps gebend) manina graziosa.

Frl. Zierer (hat sich erhoben, um zu sehen was die Beiden angeben).

Cafarelli (seine Hand rasch fortziehend). Brava, bravissima! (zwischen Elses und Frl. Zierers Stuhl tretend und so dem Publikum den Rücken wendend, zu Else). Prego, Signorina.

Else (während Frl. Zierer, die sich wieder gesetzt hat, ostentativ beide Hände auf den Rücken legt). Ist der Holländer alt? Nein, aber Holland ist ein schönes Land. (übersetzend, während Martha sachte aufsteht und von hinten aus Frl. Zierers Händen den Brief entreißt, den diese grade Cafarelli zustecken will). L'Ollandese è egli vecchio? ... No, ma l'Ollanda è un ... un ...

Cafarelli (zu Martha sich umwendend). Nu?

Martha (auf ihren Platz zurückeilend) un bel paese.

Cafarelli. Gutt, sehr gutt! ... (zu Paula). Jetzt komm' Ihre Rei—e Fraulein!

Paula. Was ist der Italiener? (übersetzend) Che cosa è l'Italiano? .... Er ist ein ehemaliger Offizier, aber er wurde verabschiedet, weil er seinem Hauptmann nicht gehorchte.

Cafarelli (der diesen Satz mit wachsendem Interesse anhört, läuft jetzt in sichtlicher Erregung mit großen Schritten im Zimmer umher).

Paula (übersetzend, holprig). Egli è un ..... exufficiale, ma fù .... congedato ... perchè non .... ubbedì ... al suo capitano.

Cafarelli (noch immer im Zimmer auf und ab). Ist eine dum—me Satz! ... eine sehr dum—me Satz! (Pause, dann rauh zu Hedwig.) Weiter!

Hedwig (schüchtern). Die Italiener sind schlechtere Soldaten als die Deutschen, weil sie nicht können sich gewöhnen an Subordination.

Cafarelli (stehen bleibend, die Hand ans Ohr haltend, wie um besser zu hören). Wa—as? ... sleftere Ssoldaten?

Hedwig (ängstlich). Ja, so .... so stehts da.

Cafarelli (der in der Nähe Miß Newmans steht, nähert sich ihr ganz und blickt über ihre Schultern in das Buch). Weil sie nift ....?

Hedwig. Weil sie nicht können sich gewöhnen ....

Cafarelli (unterbrechend, fast drohend). Kenne sif gewehne ...?

Hedwig. An Subordination.

Cafarelli (unsanft Miß Newman das Buch fortnehmend, außer sich). Das ist nift wahr! ... Das kann nift stehn! (er fingert heftig auf der betreffenden Seite herum, um die Stelle zu finden) Wo .... wo steht da—as? ... Ah! weil sie ..... nift

kenne . . . . ſif gewehne . . . an Sjub . . . . . . (das Buch zu=
ſammen klappend, es in beiden Händen auf und nieder ſchwingend).
Dieſe Ollendorf iſt eine mascalzone maledetto . . . eine ganz
verflukte, niederträftige Lump! . . . Wo—er weiß dieſe elendife
imbecille, dieſe Und von eine Sprakmeiſter von subordinazione
in italieniſche Eer? . . .
(Die Mädchen ſehen ihn zum Theil erſtaunt an, zum Theil beginnen ſie
zu kichern. Miß Newman, äußerſt beluſtigt, drückt ſich das feine Spitzen=
tuch vor den Mund.)

Caſarelli (wüthend Miß Newmans Buch auf den Tiſch
werfend, dicht an ſie herantretend, drohend). Warum Sie laken?

Miß Newman (ſieht ihn vergnügt und herausfordernd an).
Caſarelli. Warum Sie laken iber Holfe Sweinerei
von Ollendorf if will wiſſen?

Miß Newman (platzt heraus).

Caſarelli (einen Schritt zurücktretend, bebend). Glaube
Sie, weil if bin bezahlte professore von Italieniſch, if muß
laſ—ſen be—andeln mir als Domeſtif? . . . . Glaube Sie,
Luigi Caſarelli, weil man ihm at genommen (an die Hüfte ſchlagend)
Sjabel un Vaterkand, ſein nift mehr Mann von Ehr? . . . .
(ſeinen Cylinder ergreifend, ſich der Thür der Mitte nähernd, öffnend, die
Klinke in der Hand ſtehen bleibend). No, signorina, no . . .!
Luigi Caſarelli, wenn eit auf iſt arme bezahlte Sprakmeiſter,
ſo er war dok geſtern Sjoldat . . Offizier Seine Majeſtet Kenig
Umberto und er hat gemakt roth von ſeine eigen Blut feindlife
Land in Affrika! (ſtürzt davon).
(Eine peinliche Pauſe tritt ein. Die Mädchen erheben lärmend ſich von ihren
Plätzen, ſehen ſich erſtaunt an. Rufe): Was hat er nur? Ja, was
iſt ihm denn?

Miß Newman (achſelzuckend, ruhig aber ernſt). He seems
to be offended! . . . . er ſcheint beleidigt zu ſein!

Emma Riedenhein (durch Seitenthür). Aber meine
Damen! Was iſt denn das für ein Lärm?

Zweiter Akt.

Einige Tage später als der erste Akt.
Wohnstube bei Frau Kander; rechts und links je eine Seitenthür; ferner Mittelthür. Die Einrichtung ist kleinbürgerlich.
Frau Kander zieht die Tischdecke auf dem Tische inmitten des Zimmers zurecht und stellt eine Vase darauf. Dann geht sie auf den Fußspitzen an die Thüre links und guckt durchs Schlüsselloch.

Bedienungsfrau (durch die Mitte). ...'s 'ne Dame da, Frau Kander und hier is ooch de Zeitung für Herrn Casarelli (giebt ihr eine Zeitung unter Kreuzband).

Fr. Kander (zurückfahrend). Eine Dame? .... bitte schön (legt die Zeitung auf den Tisch; Bedienungsfrau ab).

Frl. Zierer (eintretend, verlegen). Ach entschuldigen Sie ... ich las unten an der Thür, daß hier Zimmer zu vermiethen sind.

Fr. Kander. Ja, aber ich vermiethe nur an Herren.

Frl. Zierer (enttäuscht). Ach so! ... nur an Herren? .... Kö.... könnten Sie nicht mal eine Ausnahme machen? ... Die Lage der Wohnung würde mir grade so ausgezeichnet passen.

Fr. Kander. Es thut mir leid, Fräulein, aber ich vermiethe prinzipiell nicht an Damen!

Frl. Zierer. Schade! ... hm, und wenn's auch nur 'ne ganz kleine Stube gewesen wäre ... ohne aparten Eingang?

Fr. Kander. Ja, wie gesagt, Fräulein, es thut mir leid! ... Ich hab' übrigens auch nur vergessen den Zettel abzunehmen, (nach rechts deutend) das Zimmer ist schon so gut wie vergeben. Ich hätt' also garnichts frei mehr beim besten Willen ... Das hier (auf die Stube rings deutend) ist außer meiner Schlafkammer das einzige, was ich noch für mich übrig habe.

Frl. Zierer. Wirklich sehr schade! (zögert fortzugehen.)
Fr. Kander (zieht bedauernd die Schultern in die Höh).
Frl. Zierer (sich neugierig umsehend). Sehr schade wirklich! ... (wieder nach einigem Zögern) Na, entschuldigen Sie!
Fr. Kander. Bitte recht sehr.
Frl. Zierer (zögernd, dann endlich). Na, abieu!
Fr. Kander (etwas spöttisch). Abieu!!
Frl. Zierer (ab durch die Mitte).
Fr. Kander (ergreift die Zeitung, nähert sich wieder der Thür links, lugt durch's Schlüsselloch und klopft dann an).
Cafarelli (von drinnen, ärgerlich). Errein!
Fr. Kander (nur ein klein wenig öffnend). Der Briefträger hat die Zeitung gebracht.
Cafarelli. Gutt!... dank scheen! (steckt den Arm im Hembärmel durch den Thürspalt und zieht die Zeitung herein).
Fr. Kander (nach kleiner Pause). Kann ich nachher wieder die Marke bekommen für meinen Neffen?
Cafarelli (kurz). Ja!
Fr. Kander (nach kleiner Pause). Die Bedienungsfrau geht gleich runter; soll sie etwas mitbringen?... Cigarren oder Cigarettentabak?
Cafarelli (kurz). Nein!
Fr. Kander (nach kleiner Pause). War heut Morgen der Kaffee besser?
Cafarelli (kurz). Nein!
Fr. Kander (erstaunt). Wie?... ist er etwa noch nicht stark genug gewesen?
Cafarelli Nein!... war swak un flekt wie gweenlik.
Fr. Kander (entrüstet). Aber nein!
Cafarelli. Abber ja!
Fr. Kander (besorgt durch die Thüröffnung sehend). Gott, wenn Sie sich doch bloß nicht immer selber rasiren wollten! ... Sie werden sich schon noch mal ordentlich schneiden! ... ich kann das garnicht mit ansehen!
Cafarelli. Brauke Sie zu sehen, wenn ick mir rasir', Signora?
Fr. Kander (betroffen). Das war sehr ... deutlich! Das heißt mit anderen Worten: machen Sie doch, daß Sie fortkommen!
Cafarelli. Ik abe nift Gewon—eit so plumpe mik auszudrucken mit Damen.

Fr. Kander (immer noch an der Thür, vorwurfsvoll). Früher waren Sie immer so nett zu mir und jetzt ... seit einigen Tagen .... (bittend). Was hab' ich denn eigentlich gethan, Luigi?

Cafarelli. Nir Luigi! ... sagen Sie: Err Cafarelli, wie if auf sag: Frau Kander, un nift mehr Marietta.

Fr. Kander. Und warum, wenn wir allein sind? ... (zärtlich). Hast Du mich nicht mehr lieb, Luigi? (will hinein, bleibt aber, da keine Antwort erfolgt, an der Thür stehen). Luigi! ... caro mio Luigi!

Cafarelli (eintretend, in Hembärmeln, mit einem Handtuch das Gesicht trocknend). Was ist?

Fr. Kander (sich an ihn schmiegend, seine Wangen streichelnd, traurig). Hast mich garnicht mehr ein klein wenig lieb?

Cafarelli (ihr wehrend). Via! ... va via Marietta!

Fr. Kander (schmollend, halb weinerlich). Nein, Du mußt mich aber ein bischen lieb behalten, wenn Du auch jetzt ... (stockt).

Cafarelli. Sprif! ... nur im—mer sprif!

Fr. Kander (verlegen). Ich wollte sagen: vielleicht hast Du jetzt vornehmere Damenbekanntschaften und da bist Du meiner überdrüssig geworden?

Cafarelli (die Stirn runzelnd). Viel—leift? .. immer nur sprif was Du weißt!

Fr. Kander (verlegen). Ich weiß ja nichts .., ich ... ich vermuthe bloß ....

Cafarelli (ihre beiden Handgelenke fassend). Seh mif an Marietta!

Fr. Kander (schlägt die Augen zu Boden).

Cafarelli (befehlend). Marietta, seh mif an! .. Deine Gewissen ist slekte, Marietta! ... Warum?

Fr. Kander (schüttelt den Kopf).

Cafarelli. Dock! ... (führt sie an der Hand in sein Zimmer, dessen Thür offen bleibt. Von drinnen). Was ist da—as?

Fr. Kander (von drinnen). Was denn?

Cafarelli (ungeduldig). Das ier! ... sehst Du nikt?

Fr. Kander (Unbefangenheit heuchelnd). Das? ... ja das ist Que — — (kommt ins Zimmer zurück).

Cafarelli (schnell hinterdrein). Ja, das ist Que — — Que— — ... Wie sagt sif gleif: argento vivo? .

Fr. Kander (kleinlaut). Quecksilber!

Cafarelli. Riktig!... (drohend) Und wo kam är der Quecksilber?

Fr. Kander (bittend). Ich weiß nicht, Luigi!

Cafarelli (ironisch). Du weißt nikt?... Werd' ik Dir sagen: (auf sein Zimmer deutend) ist gekomme är aus Schrank! .... Un wie das war meglik?.... Du weißt nikt?... Werd' ik Dir sagen: Du ast eimlik aufgeschließt un dabei ful aus Sjaktel mit Quecksilber!... Und warum Du ast aufgeschließt?... Du weißt nikt?... Werd' ik Dir sagen: um zu lesen meine Korrespondenze, ... nu?

Fr. Kander (schweigt).

Cafarelli. Gestern nok ik ab geglaupt, bedeite Unglick, weil ik zerbrocke Thermómeter (Betonung des o), eit ik betrakte fir Glick, wissend es giebt eine Spion in Aus!... (drohend) Du ast gelesen alle die Brief?

Fr. Kander (sich anschmiegend, bittend). Ich war so eifersüchtig!... Die Briefchen mit der Krone und die andern rothen und blauen Couvertchen, die Du immer bekommst....

Cafarelli. Gutt, ik werd' nehme ein ander Wohnunk bei ganz al—te Frau, welke nikt wird sein eifersuktik.

Fr. Kander (die Arme um seinen Hals schlingend). Nein, Luigi, Du darfst nicht!.... Du mußt bei mir wohnen bleiben!

Cafarelli (halb wehrend, halb in ihrem Bann). Via!... va via Marietta!.... Ik bin sehr zornik!

Fr. Kander (schmeichelnd). Nein, Du bist ja wieder gut, Luigi!

Cafarelli. Nein, ik bin nikt gutt, ik bin zornik!... Ab ik Dir nikt gesagt, unser Liebe kann nur sein episodische? ... Ast Du nikt versprofe, weder zu stär mit Eifersukt nok mit Aß unser Frei—eit?... Nur unter solke Bedingunk ik abe gemakt Liebe mit Dir, nur unter solke Bedingunk ik ab angenommen Deine Lehrmeisterei in deitsch Sprak!

Fr. Kander. Konnte ich denn ahnen, daß ich Dich mit der Zeit so gern haben würde?.... Gefallen hast Du mir ja gleich beim Einzug, aber wirklich lieben thu' ich Dich erst seit .... (schelmisch) weißt Du seit wann?

Cafarelli (treuherzig). Nee!

Fr. Kander (entsetzt). Pfui, so sollst Du ja nicht sagen!... es heißt nein.

Cafarelli. Dank scheen!.... nein!

Fr. Kander. Seit dem Abend, wo Du so mißgelaunt warst, weil gar keine Nachricht von Deinen früheren Kameraden kam ... weißt Du? (lächelnd). Da fragte ich, was Dir wäre und Du wolltest mit der Sprache nicht rausrücken, bis ich Dich endlich mit List dazu brachte, mir nach und nach Deine ganze Geschichte zu erzählen ... Und weil mich die Geschichte so traurig machte, mußte ich weinen und da gabst Du mir den ersten Kuß.... und....

Cafarelli (lächelnd). Ik glaub', Du gabst mir....

Fr. Kander (ebenfalls lächelnd). Na, das mag sein; jedenfalls lieb ich Dich seit der Zeit. Vorher war ich bloß verliebt.... Und darum, siehst Du, bin ich auch so eifersüchtig.... (heftig) Darum leid ich auch nicht, daß Du mit dieser Amerikanerin ein Verhältnis hast!

Cafarelli. Sei matta? Bist Du geworden verrükte, Marietta?.. Miß Newman ist eine anständige Dame!

Fr. Kander. Ist die Baronin vielleicht keine anständige Dame?... bin ich etwa keine anständige....?

Cafarelli (feinlächelnd). Ja ... abber ist dok eine Unterschied!

Fr. Kander. Wieso?

Cafarelli. Ja ... ist eine Unterschied: die Baronin ist versiehrte von seine Mann un Du bist auk versiehrte von Deine todte Mann, die Amerikanerin abber ist nikt versiehrte, weder von eine todte nok von eine lebendike Mann ...

Fr. Kander (höhnisch). Hach, Du meinst, weil sie ein Mädchen ist?

Cafarelli. Ik ein fir al—le Mal Dir verbiete zu spreken slekte Saken von Miß Newman!... sie einfak at mir gebittet um Verzeihung fier neilik.

Fr. Kander. Sie ist eine Erzkokette, wenn sie schreibt: wir alle haben ja nur gelacht, weil Sie so reizend schlecht deutsch sprechen.

Cafarelli. Warum? Man mir oft schon at gesagt: Signor Cafarelli, wenn Sie reden deitsch, Sie sein sehr drollik! ... Un warum Du sprikst immer von Signorina Newman? ... At nikt auk an mir geschrieben Signorina Niedenhein?

Fr. Kander. Die Amerikanerin schreibt aber, daß sie von jetzt ab allein in ihrer Wohnung bei Dir Italienisch nehmen will?

Cafarelli. Ja, weil if nift mehr betret' den Institut und vielleift ... (lächelnd) if weiß nift ... jedenfalls sie mag lern mehr, wenn ist allein mit mif ...

Fr. Kander. Und Du wirst allein zu ihr in die Wohnung gehen?

Cafarelli. O gewieß! .. ist ab' kein Furkt!

Fr. Kander. Sie wird Dir bloß den Kopf verdrehen, sie wird Dich am Ende gar heirathen wollen ...

Cafarelli (lachend). Das wär gutt! if eirath gern blonde Mädken, welke sein ibsch un reif wie Miß Newman! ... Das makt scheene Contrast: Schwarze Teifel von Italiener un blonde Amerikanerin werden sein Ehleit in preißische Farben! (geht lachend und holt seinen Rock aus dem Zimmer, den er anzieht, worauf er gleich wieder kommt).

Fr. Kander. Du Egoist! ... Und wenn Du aus= ziehst, vielleicht gar fortgehst von hier, was soll dann aus mir werden?

Cafarelli. Du makst neie Annunz in Dschurnal: Freindlike, junge Witt—we miethet ap Zim—mer an alleinste— ende nette Err!

Fr. Kander (schmollend). Geh, Du bist garstik!

Cafarelli. Garstif? .. was ist? (holt aus seinem Zim= mer ein kleines Handlexikon, kehrt damit zurück, blätternd). Vediamo un poco! ... Ah ier! Garn— — Garnison ... garstik: rancido? ... man sagt von Oel oder Käs' ist rancido; suicido? sporco? ... if bin schmutzif? ... stimmt auk nikt; ... brutto? ... if bin äßlif? (sieht sich in den Spiegel). Mir nof keine Frau at gesagt, if bin äßlif!

Fr. Kander. Inwendig bist Du häßlich!

Cafarelli. Inwendif? .... makt nir, weil fik nift seht .... Außerdem (sich ans Herz schlagend) auf inwendik if bin eine ganz gutte Kerl! If lieb' mei Vatterland, mei Vatter un Mutter un mankmal auk if bin geliebt von eifersuktige junge Wittwe (es klingelt im Entree).

Fr. Kander (sich durch die Mitte entfernend). Garstig bist Du! garstig, garstig!

Cafarelli (sieht ihr ein Weilchen lächelnd nach und will sich dann in sein Zimmer begeben).

Fr. Kander (kommt mit einer Visitenkarte zurück.)
Cafarelli. Fräulein Niedenhein?
Fr. Kander. Nein, ein Herr! (überreicht ihm die Karte).
Cafarelli (lesend). Ernst Graf von Rhode? . . . Kenn ik nir! . . . was will sie?
Fr. Kander. Pst! . . . nicht doch so laut! . . . ich weiß nicht was er will.
Cafarelli. Gutt! . . schick rein! (schickt sich langsam an, dem Besuche entgegenzugehen. Fr. Kander ab durch die Mitte.)
von Rhode durch die Mitte, mit steifer norddeutscher Offiziers= verbeugung, die Absätze zusammenklappend). Verzeihung mein Herr, wenn ich Ihre Zeit in Anspruch nehme!
Cafarelli (ungezwungen). O bitte! . . . maken Sie sik bekuäm! (ladet ihn zum Sitzen ein und setzt sich dann ebenfalls; auf seine Cigarre deutend). Ik darf rauken?
von Rhode (verbeugt sich lächelnd).
Cafarelli (ihm das Etui mit Virginias hinhaltend). Bitte!
von Rhode (ablehnend). Ich danke! . . . (sich räuspernd) Sie geben italienischen Unterricht, wie ich höre?
Cafarelli (nickt).
von Rhode. M'ja . . . was ich sagen wollte: Sie geben auch Damen Unterricht?
Cafarelli. Ja, auk an Damen.
von Rhode. Hm . . . Sie haben eine Schülerin Namens Miß Mary Newmann?
Cafarelli. Ja! . . . das eißt: eigentlich ik ab und eigentlik ik ab nicht.
von Rhode. Ganz recht; ich weiß. Eben in dieser Angelegenheit erlaube ich mir, Sie zu besuchen . . . Sie hatten im Anschluß an irgend einen Vorfall den Unterricht eingestellt und Miß Newman glaubte Ihnen darauf eine Erklärung schuldig zu sein. . . . Soweit mir erinnerlich ist, möchte sie die Lektionen fortsetzen! . . . . (hüstelnd) und zwar im Einzelunter= richt . . . . (hüstelnd) in ihrer eigenen Wohnung.
Cafarelli (sieht ihn erstaunt an).
von Rhode (verlegen lächelnd). Sie wundern sich vielleicht, wie ich dazu komme, diese Fragen an sie zu richten? . . . . (hüstelnd) und es ist ja auch auf den ersten Blick möglicherweise etwas . . . . hm, etwas sonderbar . . . .

Cafarelli (harmlos). Ja, etwas ßonderbar ist, abber makt nix.

von Rhode. Ich habe ... wohl einige Berechtigung dazu. Miß Newman steht mir .... je nun, wie soll ich sagen? .... (hüstelnd) steht mir nicht ganz fern ....

Cafarelli (unangenehm überrascht). Sie sein Verlobter von Miß Newman?

von Rhode. Verlobt? ... ach Gott, hä ... verlobt grade noch nicht, aber, hä ... ich könnte ja doch eventuell Aussicht haben, über kurz oder lang es zu sein.

Cafarelli (wie sinnend vor sich hin nickend, kleine Pause).

von Rhode. Sehen Sie, mein verehrter Herr, die Sache liegt nun einfach so: Entweder ich trete Miß Newman näher oder ich trete ihr nicht näher. Trete ich ihr näher, dann kann es mir nicht gleichgültig sein, wie man in meinen Kreisen über gewisse ... gewisse ... na, sagen wir Eigenheiten von Miß Newman denkt. Miß Newman, deren Eltern todt sind, lebt hier ganz allein mit ihrer Gesellschafterin und ihrer Dienerschaft. Vater und Mutter waren gute Deutsche, Miß Newman ist leider durch und durch amerikanisch da drüben erzogen worden. Sie ist selbständig wie ein Mann und läßt sich von niemand dreinreden, wenn sie sich mal was in den Kopf gesetzt hat. ... Selbst von mir läßt sie sich nicht umstimmen, obgleich ... hä, na ich darf wohl bekennen, daß wir sehr, sehr gute Freunde sind.

Cafarelli (ungedulbig). Pardon, mein Err, aber all' diese Saf' reguardier mir nift und if ...

von Rhode. Pardon—pardon ... pardon! Sie werden einsehen, daß auch die Geschichte mit dem italienischen Unterricht in Miß Newmans Wohnung mir nicht recht passen kann. Ich persönlich ... Du lieber Gott, ich würde der Letzte sein, der daran Anstoß nähme; indessen meine Verwandten, Freunde und Bekannten, kurzum, das ganze Milieu, in dem ich verkehre ... hm, Sie verstehen mich ....?

Cafarelli (ärgerlich). Nein, if versteh garnixt!

von Rhode. Na kurz und gut: ich möchte nicht, daß Sie Miß Newman die gewünschten Lektionen ertheilen. Ich bitte Sie, unter irgend einem plausiblen Vorwande ihr einen abschlägigen Bescheid zu geben und bin natürlich gern bereit, Ihnen für den Verlust eine angemessene Entschädigung zu zahlen.

Cafarelli. Gutt, if werde sprefen mit Signorina Newman, und wenn sie ist lustif zu verzikten...

von Rhode. Nein pardon! Die Weigerung muß direkt von Ihnen ausgehen, da Miß Newman sich darauf zu kapricieren scheint, grade nach Ihrer Methode italienisch zu lernen.

Cafarelli. Naf meine Methode? (lacht laut).

von Rhode. Oder sagen wir meinetwegen: unter Ihrer Leitung.

Cafarelli (belustigt). If weiß nift, abber vielleift if bin thatsäflif eine gutte Professor von Italienisch?

von Rhode (verbindlich). O, ich zweifle nicht daran, Herr Cafarelli!... jedoch... hm, könnte ich nur reden wie ich wollte, ohne... ohne die Befürchtung mißverstanden zu werden....

Cafarelli. O, if versteh deitsch ausgezeifnet!

von Rhode (lächelnd). Nein, hähä... so mein ich's nicht, Herr Cafarelli! Ich möchte nur nicht, daß Sie mir meine Worte übel nehmen, wo ich absolut nicht die Absicht habe Sie zu beleidigen... Sie sind... hm, die Sache ist eigentlich 'n bischen delifat.... Sie sind, ob mit Recht oder Unrecht, mag dahingestellt bleiben, in den Ruf gelangt... hähä, so ein ganz... ganz verfluchter Schwerenöther zu sein und...

Cafarelli. Pardon!... Schwerenother, was ist? ... (sucht in dem auf dem Tisch liegenden Lexikon).... schwer... schwerfällif... schwerlif... Schwerenother if sind nix?

von Rhode (lächelnd). Schwerenöther?.... na, das ist so 'ne Art Don Juan.

Cafarelli (erfreut). Ah, Don Giovanni?... (lächelnd) is ganz gutt; if bin nix beleidigt (reicht ihm die Hand).

von Rhode. Was nun Miß Newman anbetrifft, so bin ich.... hä.... selbstverständlich kann ihr niemand gefährlich werden, doch Sie begreifen,.... nicht wahr, Sie begreifen das Gerede der Leute.... Und da es mir selbstredend nicht gleichgültig sein kann, was man über meine muthmaßliche Zukünftige spricht, so will ich unter allen Umständen die Geschichte mit dem Italienischen inhibiren..! Also, um einmal zu Ende zu kommen: was verlangen Sie Abstandsgeld?

Cafarelli (lange überlegend, dann scherzhaft). If verlange Abstandsgeld..... zehntausend Mark!

von Rhode. Sie belieben zu scherzen, Herr Cafarelli.

Cafarelli. Durkaus nikt, Err Graf. So ok ist, daß it schäße die Vergnügen und Ehre zu geben italienische Unter=rikt an Miß Newman! .... fragt sik blos, ob Sie auf so ok schäßen? ....

von Rhode. Sie können unmöglich verlangen, daß ich Ihre Aeußerung ernst nehme! Ich bitte, überlegen Sie sich die Sache und Sie sollen mich zu einer angemessenen Ent=schädigung bereit finden.

Cafarelli. No Signor conte!

von Rhode. Es kommt mir auf ein Opfer von zwei= oder dreihundert Mark nicht an!

Cafarelli (stolz). Err Graf, ... ik muß geben Lektione für zu leben und darum ik mir laß bezahl, abber ik lieb nikt zu sein bezahlt fir nikt geben Lektione!

von Rhode. Aber Herr Cafarelli, ich will Sie ja auch nur entschädigen ... für den effektiven Verlust, den Sie haben würden.

Cafarelli. It brauk nikt zu sein entschädikt, weil ik werde kontinuier die Lektion mit Miß Newman.

von Rhode. Sie schlagen also mein Anerbieten rund= weg ab?

Cafarelli. Ja! .. ap ... runwek!

von Rhode (gereizt). So? .. hm, so? Dann bleibt mir nichts weiter übrig, Herr Cafarelli, dann muß ich .... hm, so leid es mir auch thut ..., dann muß ich in einem anderen Tone mit Ihnen reden .... (fast drohend) Wissen Sie, daß ich Sie eventuell zwingen kann, meinen Wunsch zu erfüllen? .. Wissen Sie das?

Cafarelli (lächelt).

von Rhode. Lachen Sie nur! Ich kann mehr als das; ich kann dafür sorgen, daß Sie, ohne Angabe eines Grundes, als Ausländer, der sich mißliebig gemacht hat, einfach ausge= wiesen werden! ..... Meine Beziehungen reichen bis hinauf ins Ministerium und .... im Nothfalle ....

Cafarelli. Die italienische Regierung wird wissen schißen ihre Leite.

von Rhode. Vielleicht, vielleicht auch nicht! ... man wird sich jedenfalls die Leute daraufhin ansehen, ob es sich lohnt für sie zu intervenieren! Und dann zweifle ich noch sehr, ob bei Ihnen eine Intervention erfolgreich wäre! (erhebt sich).

Cafarelli (sich ebenfalls erhebend). Das if versteh nift, mein Err

von Rhode (spöttisch). So will ich es Ihnen erklären: Bei uns in Deutschland, wo man Gottseidank noch seine Ideale hat, bedarf es neben der sonstigen Befähigung auch (mit Nachdruck) einer moralischen Qualifikation für Menschen, die sich damit abgeben, unsere Jugend zu unterrichten!.. (hüstelnd). Fehlt diese moralische Qualifikation, so kann man dem Betreffenden einfach das Unterrichten verbieten. Bleibt das Verbot fruchtlos, so macht man — namentlich, wo es sich um Ausländer handelt, kurzen Prozeß und schickt die abenteuerlichen Existenzen einfach in ihre Heimath zurück!

Cafarelli (schüttelt den Kopf). If versteh nift!

von Rhode. Wenn Sie etwa glauben, daß Sie Ihre Autorität als Lehrer zu gewissen galanten Nebenzwecken ungestraft mißbrauchen dürfen, dann täuschen Sie sich doch gewaltig!

Cafarelli (die Schultern hochziehend). Mein Err, mir ist, wie ob Sie spräken polnisch!

von Rhode. Ha, nichts leichter, als sich jungen Mädchen gegenüber mit dem Nimbus eines erdichteten Heldenthums zu umgeben! . . . Den Backfisch möcht' ich sehen, bei dem derartige Mätzchen nicht vorfangen.

Cafarelli. Mätzche? . . . was ist?

von Rhode. Die Schande, aus der italienischen Armee ausgestoßen zu sein, machen Sie dreist zu einer Tugend!

Cafarelli (erregt). Mein Err! (greift an die linke Seite).

von Rhode (höhnisch). Jawohl! Da hing früher ein Degen, den Sie nicht mehr tragen dürfen!

Cafarelli (schweigt betroffen, senkt den Kopf, dann sieht man ihn gegen sein aufbrausendes Temperament kämpfen).

von Rhode belehrend). Sie hätten besser gethan sich der Geschichte nicht zu rühmen!

Cafarelli (aufbrausend). Welke Geschikte? . . . was wissen Sie von meine Geschikte?

von Rhode (langsam, jedes Wort betonend). Daß Sie sich angesichts des Feindes eine schmachvolle Insubordination haben zu schulden kommen lassen und deshalb aus der italienischen Armee ausgestoßen wurden!

Cafarelli (mit pathetischer Erregung). Jo mene vanto! . . . if bin stolz für meine Entlassung un werde beweis' mit Sjabel oder Pistol!

von Rhode (ironisch). Ah, Sie wollen mich wohl gar fordern? . . . Das ist wirklich naiv: Sie und Satisfaktion!

Cafarelli (bebend, dicht an ihn herantretend). Jf bin stolz für meine Entlassung!

von Rhode (die Hand zur Abwehr ausstreckend). Na ja meinetwegen! Das ist ja Geschmackssache! (ist langsam rückwärts bis zur Mittelthür gegangen, an der Schwelle). Haha, Satisfaktion! . . . sehr gut! . . . haha! (öffnet die Thür).

Cafarelli (ergreift mit der Rechten eine Vase und holt zum Wurfe aus).

von Rhode (schnell die Thür zuwerfend, entfernt sich).

Cafarelli. Mascalzone! . . . scappi eh? . . . Ah, hai fatto bene di scappare! (schleudert die Vase auf den Fußboden, daß sie in tausend Stücke zerbricht).

Fr. Kander (von rechts). Luigi?!

Cafarelli (erregt). Marietta . . . . if bin nift wirdik von satisfazione?

Fr. Kander. Aber Luigi! . . . was hat's denn gegeben?

Cafarelli. Jf nift wirdik von satisfazione?

Fr. Kander. Was war denn eigentlich los?

Cafarelli (sie bei den Schultern packend). Jf nift wirdik von satisfazione?

Fr. Kander. Aber ja doch! Soviel Du willst . . . . (jammernd) Meine Vase! meine gute, schöne Vase!

Cafarelli (sich den Schaden besehend, nach einer Weile). Du ast reft! . . . (kopfschüttelnd) Arme, gutte, scheene Vase! . . . . (seufzend) Ah, buffoni di quà, buffoni di là, noi siamo tutti buffoni! . . . Narre ier un Narre da, wir sein alle Narre ja! . . . . (die Faust ballend) Mascalzone! mascalzone! . . . . (Pause, während welcher er mit den Händen auf dem Rücken hin und hergeht; dann plötzlich, wie nach einem guten Einfall, sich vor die Stirn schlagend) Ah, if ab eine gutte Idee! . . . sehr gutte!: Miß Newman soll nift sein beine Frau! . . . . Sehr gutt! (trällernd aus Figaro).

Se vuol ballare signor contino)
Il chitarno
le suonerò.

Fr. Kander. Was hat er denn gewollt?

Cafarelli. Ah, nir! . . . ist eine imbecille! . . . Dummkopf! (holt aus seinem Zimmer den Cylinder).

Fr. Kander (hineinguckend). Du willst doch nicht etwa fortgehen?

Cafarelli (mit dem Chlinderhut in der Hand zurück). Ja! if muß!

Fr. Kander. Du kannst ja nicht fortgehen; die Institutsvorsteherin wollte doch kommen!

Cafarelli (sich erinnernd, unangenehm berührt). Richtig, ... (unentschlossen zögernd, dann plötzlich) Makt nix, if muß!

Fr. Kander. Aber Luigi, Du hast sie doch extra um die Zeit bestellt!

Cafarelli (will durch die Mitte). Makt nix, if muß! ... zwischen fünf Minuten if bin scheen zurück!

Fr. Kander (ihm entrüstet in den Weg tretend). Hast Du etwa schon wieder ein Rendezvous?

Cafarelli (ärgerlich). Via! .... va via Marietta!

Fr. Kander. Du willst Dich wohl mit Gewalt um alle Deine Stunden bringen? .... Sie kann doch nicht wer weiß wie lange auf dich warten hier!

Cafarelli (wie oben). Via .... va via Marietta! Zwischen fünf Minuten if bin scheen ..... (es klingelt laut).

Fr. Kander (aufathmend). Ah, da ist sie schon! .... Gott sei dank!

Cafarelli (links entschlüpfend, leise). Zwischen fünf Minuten if bin scheen zurück!

Fr. Kander (mit tiefem Seufzer). So ein Mensch! .... nein so ein Mensch! (sie geht durch die Mittelthür, welche sie offen läßt. Nach einem Weilchen mehrere Stimmen im Entree.)

Emma (im Entree). Wie? ... nicht zuhause?

Fr. Kander (im Entree). Bitte, meine Damen, treten Sie nur näher; er kommt gleich wieder; er ist blos was besorgen gegangen.

(Emma und Bertha Niedenhein, hinter ihnen Frau Kander kommen durch die Mitte.)

Emma (sich neugierig umsehend). Er kommt doch aber auch gewiß bald zurück?

Fr. Kander. Ganz sicher! Sie möchten nur inzwischen Platz nehmen.

Bertha (zu Emma). Ich weiß nicht recht .... (zu Frau Kander) Sind wir eigentlich hier in Ihrer oder in Herrn Cafarellis Wohnung?

Fr. Kander. Nein, hier sind Sie bei mir.

Bertha. Dann ist es etwas anderes (setzt sich, Emma desgleichen).

Fr. Kander. Herr Cafarelli wohnt dort! (auf die Thür links deutend) . . . Wenn ihn jemand besuchen kommt, laß ich die Leute hier rein. Mein Gott, sein Zimmerchen ist ja auch so klein!

Emma. Also das ist sein Zimmer?

Fr. Kander. Ja, wollen Sie sich's vielleicht mal ansehen?

Bertha (schnell). Ich denke, das ist wohl überflüssig!

Emma (bittend). Sehen wir's uns doch mal an!

Fr. Kander. Bitte schön! (geht und öffnet).

Bertha (wirft der Schwester einen strafenden Blick zu und schüttelt mißbilligend mehrmals den Kopf; dann folgt sie mit Emma der Frau Kander).

Emma (an der Schwelle, hineinblickend). Klein aber sehr nett! . . . . Ah, da hängt ja auch eine Mandoline! . . . . Spielt denn Herr Cafarelli Mandoline?

Fr. Kander (schmachtend). Und wie! . . . . Er singt und pfeift auch wunderschön, das heißt: bloß wenn er bei guter Laune ist . . . . und das kommt selten genug vor.

Emma. Ach was! . . . Ich hätte geglaubt, der ist immer lustig und guter Dinge . . .

Bertha (zu Emma, verweisend). Das ist ja nebensächlich! . . . . (zu Frau Kander) Wir sind nämlich geschäftlich hier.

Fr. Kander. Ich weiß, ich weiß: er soll wieder Stunden geben. (lachend) Er hat mir von dem Krach im Institut erzählt . . . . . (zu Emma, die immerfort in Cafarellis Zimmer hineinblinzelt) Scheniren sie sich nur nicht; gehen sie nur ruhig mal rein.

Bertha (da Emma Miene macht, das Zimmer zu betreten, in verweisendem Tone). Emma! (Emma kehrt widerstrebend um; Bertha fortfahrend, ironisch) . . . Da Sie in so hohem Maaße sein Vertrauen besitzen, so können Sie uns vielleicht sagen, ob er den Unterricht wieder aufnehmen wird?

Fr. Kander. O ja! . . . . wenn Sie ihn schön bitten . . . . .

Emma (zu Fr. Kander). An der ganzen Sache ist nämlich bloß Miß Newman schuld. . . .

Fr. Kander. Na, das muß überhaupt eine nette Person sein, diese Miß!

Emma (schnell). Wissen Sie was von ihr?... Bitte!

Fr. Kander. Ich sage blos soviel: Das muß eine nette Person sein! (es klingelt).

Bertha. Ah, da kommt wohl Herr Cafarelli?

Fr. Kander. Nein, der hat ja den Schlüssel (ab durch die Mitte).

Bertha (vorwurfsvoll). Wenn uns jemand hier träfe!... Wie peinlich!

Emma. Was ist denn da weiter? Wir sind doch bei Frau Kander!

Bertha. Ich schäm' mir die Augen aus dem Kopfe!... Immer solche Extravaganzen!... Mußte das sein mit diesem abenteuerlichen Besuche?

Emma (fast bittend). Aber natürlich, Schwester... im Interesse des Institutes.

Bertha. Lächerlich!

Fr. Kander (die Thür wieder öffnend, nach draußen). Bitte, treten Sie nur ruhig näher.

Bertha (leise aber heftig). Die Augen schäm' ich mir aus dem Kopfe!

Paula (draußen). Nein, ich nicht zuerst!

Hedwig (draußen). Ich auch nicht.

Else (draußen). Warum so zimperlich? Wir besuchen doch nicht ihn, sondern seine Wirthin!... Sempre avanti! (tritt keck ein, hinter ihr Hand in Hand Paula und Hedwig, dann Frau Kander).

Martha (hinter ihnen). Bitte, ich zähl' auch mit! (Peinliche Ueberraschung bei Emma und Bertha auf der einen, bei den vier Mädchen auf der anderen Seite. Pause).

Martha (endlich, halb verlegen, halb schalkhaft). Guten Tag, Fräulein Niedenhein! (will ihr die Hand reichen).

Emma (die Hand zurückziehend). Aber Fräulein Gestner!

Else—Paula—Hedwig (sich ebenfalls nähernd um ihr die Hand zu reichen).

Emma (zurücktretend). Meine Damen... ich bin starr!

Bertha (hüstelnd). Hunk—Hunk—Hunk!

Martha. Wir wollten Signor Cafarelli ja bloß auf einen Augenblick zu seiner Wirthin hereinbitten lassen, um ihn umzustimmen!

Emma. Paßt sich das, daß Mädchen einen jungen Mann besuchen?

Else. Aber Fräulein Niedenhein (lachend) .... Sie sind doch auch hier!

Emma. Ich habe, wie Sie sehen, meine ältere Schwester mitgebracht!

Martha (schelmisch). Und wir haben, wie Sie sehen, eine jede drei Freundinnen mitgebracht?

Else. Wir dachten, eine Deputation wäre das Beste!

Martha. Jawohl eine Deputation des Instituts! Ich bin deputirt, die andern sind attachirt.

Emma. Es ist und bleibt unerhört! ... Ich habe wenigstens die eine Genugthuung, daß meine Anwesenheit hier nicht mißdeutet werden kann.

Else. Unsere auch nicht.

Emma. Das fragt sich doch sehr! ... Mich hat Herr Cafarelli hergebeten!

Fr. Kander. Erlauben Sie, das stimmt nicht ganz!

Emma (gereizt). Das stimmt wohl.

Fr. Kander (ebenso). Nein, das stimmt nicht!

Emma (ihr einen feindlichen Blick zuwerfend, dann zu den Mädchen): Mein ganzes Institut kommt in Mißkredit, wenn das jemand erfährt!

Else (zu Fr. Kander). Ist das Herrn Cafarellis Zimmer?

Fr. Kander (betonend). Nein, das ist meins!

Else. Das dort?

Fr. Kander (mürrisch). Ja!

Else. Darf man mal reingucken?

Fr. Kander. Machen Sie was Sie wollen! (Else geht auf das Zimmer zu).

Martha. Ich komm' mit, ich komm' mit (ihr nach).

Paula. Ich auch.

Hedwig. Ich auch! (Paula und Hedwig wollen folgen).

Emma (zu Paula und Hedwig). Sie bleiben hier! ... Das setzt doch Allem die Krone auf!

Fr. Kander (höhnisch). Gutgezogene junge Damen! (man hört durch die halbgeöffnete Thür auf der Mandoline klimpern; Fr. Kander stürzt hinzu). Lassen Sie seine Sachen sein! Das verbitte ich mir!

Martha (herauskommend). Seien Sie doch nicht gleich so grob! (es klingelt).

Fr. Kander. Ich verbitte mir das!... Wenn was kaput geht bin ich verantwortlich (ab durch Mitte).

Emma. Meine Damen, Ihr Benehmen ist beispiellos! ... Sofort kommen Sie herein, Frl. Else!

Else (von drinnen). Ja doch, gleich!

Emma. Auf der Stelle sag ich! (Else kommt heraus).

Miß Newman (durch die Mitte, hinterher Frau Kander. Miß Newmans Ueberraschung ist geringer als die der Uebrigen, sie verbeugt sich leicht, dann sich zu Frau Kander wendend). Wo ist sein Zimmer?

Fr. Kander (ohne zu antworten, deutet erstaunt mit einer Geste nach links).

Miß Newman (verschwindet schnell in Cafarellis Zimmer).

Bertha. Hunk—Hunk—Hunk!

Emma (die ihr verblüfft nachgesehen hat). Na da.... da weiß ich überhaupt nicht mehr was ich sagen soll!.... Da steht mir der Verstand stille!

Martha. Directement in sein Zimmer!!

Else. Ohne alle Begleitung!

Fr. Kander. Das läßt entschieden auf Uebung schließen! (wieder ertönt von drinnen Mandolinengeklimper).

Fr. Kander (wie eine Furie stürzt sie hinein ohne die Thür zu schließen und macht einen Heidenlärm. Die ganze übrige Gesellschaft nähert sich neugierig und skandallustig der Thür von Cafarellis Zimmer.

Miß Newman (von drinnen). Madame, mit mir schreit man nicht!... verstanden?

Cafarelli (unbemerkt durch die Mitte. Er hält den Cylinder in der Hand, die lange Virginia schräg im Munde und ist Zeuge der Scene, am Eingang stehend).

Fr. Kander (von drinnen bei halbgeöffneter Thür). Legen Sie die Mandoline weg!

Miß Newman (von drinnen bei halbgeöffneter Thür). Hier haben Sie nicht zu befehlen; das ist Herrn Cafarellis Zimmer!... Gehen Sie in Ihre Stube, dort können Sie keifen soviel Sie wollen!

Fr. Kander (auf die Schwelle tretend, außer sich zu den Uebrigen). Aus meiner eignen Wohnung will sie mich rauswerfen!

Emma. Unglaublich!

Else (hetzend). Lassen Sie sich das nicht gefallen, Frau Kander.

Martha ⎫ Immer feste, Frau Kander
Hedwig ⎬ Nein, nichts gefallen lassen
Paula ⎭ Eben, eben!

Fr. Kander (ermuthigt, heftig ins Zimmer rufend). Das laß ich mir nicht gefallen!

Cafarelli (hervortretend, mit graziöser Verbeugung). Signorine, buon giorno!

Dritter Akt.

Spielt etwa 8 Tage nach dem zweiten.

Intimer Salon in Miß Newman's Heim. Kamin mit glühenden Holz=
kohlen. Auf dem Fußboden persische Teppiche, Chaiselongue mit Tiger=
fell, Mittelthür, Seitenthür rechts. Schwere Vorhänge davor. Es ist
Spätherbst, kurz vor Sonnenuntergang. Ein Klavier offen; Noten darauf.
Miß Newman in raffinirt eleganter Matinee sitzt am Klavier und spielt
einige Takte aus Funiculi-Funicula, schon bei herabgelassenem Vorhang.
v. Rhode neben ihr auf einem zweiten Klavierschemel, das Gesicht halb
dem Publikum zugewandt.

von Rhode (bittend). Miß Mary!

Miß Newman (spielt ohne zu antworten).

von Rhode. Miß Mary!

Miß Newman (zerstreut). Hm?

von Rhode (vorwurfsvoll). Hm?... Ist das alles, was Sie auf meine lange Auseinandersetzung zu erwidern haben?

Miß Newman. Lieber Graf, Sie fangen an langweilig zu werden! Hab' ich Ihnen nicht bereits hundertmal gesagt: Sie haben Chancen?.... Aber heut und morgen will ich mich noch nicht verloben (trällert einige Takte aus derselben Melodie).

von Rhode. Sie besitzen eine beneidenswerthe Fähig=
keit, sich über die wichtigsten Fragen des Lebens hinweg zu spielen, zu singen oder zu pfeifen.

Miß Newman (belustigt). Wieso wichtig?

von Rhode. Na ich sollte meinen, die Ehe ist eine ziemlich wichtige Frage!

Miß Newman (spielend). I bewahre!... Das kommt Ihnen bloß so vor.

John (tritt ein, im schwarzen Frack, weiße Binde). Eine Frau ist da, Miß Newman, die durchaus Herrn Cafarelli sprechen möchte.

Miß Newman. Er ist doch noch nicht da!
John. Das hab' ich ihr auch gesagt; sie will sich aber durchaus nicht abweisen lassen.
Miß Newman. Dann mag sie hereinkommen. (John ab.)
von Rhode. Es wird immer besser! ... jetzt sucht man ihn sogar schon hier auf!
Miß Newman, Das große malheur! Vermuthlich weiß man, daß er heute hier Stunde giebt.
Fr. Kander (tritt ein, sie hält ein Telegramm in der Hand und sieht sich verschüchtert, doch neugierig um). Ach entschuldigen Sie; ich dachte Herr Casarelli wäre hier.
Miß Newman (ironisch). Ah, Sie sind's? seine liebenswürdige Wirthin! .... Ich erwarte ihn.
Fr. Kander. Es ist eine Depesche für ihn da.
Miß Newman. Wenn Sie das Telegramm hier lassen wollen? Ich habe nichts dagegen! (streckt die Hand aus).
Fr. Kander (nicht ohne Erregung.) Es ist, glaub' ich, etwas Wichtiges und ich weiß nicht, ob er vor Abend noch nachhause kommt.
Miß Newman (die Hand ausstreckend). Geben Sie her!
Fr. Kander. Aber nicht wahr, Sie vergessen es nicht? ... Seine Mutter ist krank.... (weinerlich) Vielleicht ist sie gar gestorben.
Miß Newman. Seien Sie unbesorgt; ich werd's ihm nicht vorenthalten.
Fr. Kander (giebt ihr das Telegramm). Ich danke ... adieu.
Miß Newman. Adieu! (Frau Kander ab ... M. N. zu von Rhode). Hm, sehr peinlich! ... ich komme dadurch möglicherweise um meine Lektion ... und wenn er zum Begräbniß reisen muß, auch um die nächsten!
von Rhode (ironisch). Das wäre allerdings schrecklich!
Miß Newman. Das wäre mir mindestens sehr unangenehm!
von Rhode. Mir nicht! Die Lektionen sind überhaupt höchst überflüssig!
Miß Newman (spöttisch). Finden Sie?
von Rhode Die pure Caprice von Ihnen! Bloß um mich zu ärgern!
Miß Newman (lacht laut ironisch).

v o n R h o b e. Gewiß! Bloß weil ich Sie gebeten habe diesen italienischen Schwindler abzuschaffen, blos deshalb thun Sie es grade nicht!

M i ß N e w m a n. Bester Graf, ich glaube, Sie überschätzen sich und unterschätzen Cafarelli.

v o n R h o d e (aufstehend). Was wollen Sie damit sagen?

M i ß N e w m a n. Sie überschätzen sich, wenn Sie meinen, ich wäre imstande, Ihnen etwas zur Liebe oder zum Possen zu thun; Sie unterschätzen Cafarelli, wenn Sie ihn nicht für interessant genug halten, um mir . . . Selbstzweck zu sein.

v o n R h o d e (stotternd). Se — — selbstzweck?

M i ß N e w m a n. Jawohl Selbstzweck!

v o n R h o d e. Miß Mary, Sie sprechen Ungeheuerlichkeiten mit einer Nonchalance aus, die gradezu verblüfft! . . . Also das Italienische ist Ihnen nur ein Vorwand für . . . . .?

M i ß N e w m a n. Für den Italiener! . . sehr richtig!

v o n R h o d e. Und das sagen Sie dem Manne ruhig ins Gesicht, dessen Frau Sie werden wollen?

M i ß N e w m a n. Das sage ich dem Manne ruhig ins Gesicht, der mein Mann werden will!

v o n R h o d e. Einer Gräfin Rhode würde ich nicht gestatten jenen Abenteurer zu empfangen.

M i ß N e w m a n (aufstehend). Ei—ei—ei! Es ist nicht klug von Ihnen, Graf, mir das zu verrathen; ich könnte sonst leicht vorziehen, eine irbeliebige andere Gräfin zu werden!

v o n R h o d e. So?

M i ß N e w m a n. Jaja!

v o n R h o d e. Es wird wirklich immer netter!

M i ß N e w m a n. Setzen wir uns doch noch einen Augenblick und sprechen wir klar und offen mit einander! (sie setzen sich: M. N. fährt ruhig, geschäftsmäßig fort). . . . Sehen Sie, mein lieber Rhode, ich bin, wie Sie wissen, nach Deutschland gekommen, um mich hier mit einem Fürsten oder mindestens mit einem Grafen zu verheirathen. Ich bin eitel: Der Titel Durchlaucht oder Gräfin übt auf mich eine riesige Attraktion aus, ich wollte in der besten Gesellschaft von Berlin glänzen, ich hoffte bei Hofe vorgestellt zu werden. . . . Natürlich bin ich viel zu praktisch und weltklug, um nicht zu wissen, daß man als (ironisch) simple Amerikanerin so was nur erreichen kann durch Vergoldung eines etwas stark verrosteten Ahnenschildes; denn darüber habe ich mir nie Illusionen gemacht, daß mich so ein hochadliger Herr um meiner selbst willen nehmen würde. Aber bester Graf, was machen Sie für ein Gesicht! .... — Der Zufall führte mir in Ihrer Person zu was ich suchte, und Ihnen in meiner was Sie suchten. Nicht wahr?

v o n R h o d e. Aber ich bitte Sie, Miß Mary, betrachten Sie doch die Angelegenheit nicht von einem so ... verzeihen Sie, aber ich muß es aussprechen: von einem so brutal=nüch= ternen Gesichtspunkte!

M i ß N e w m a n. Nüchternheit schafft Klarheit! .... Jede Ehe, sogar wenn sie im Gegensatz zu unserem Falle aus purer Neigung geschlossen wird, verlangt Compromisse. Ich bin bereit, als Gräfin Rhode den Anschauungen Eurer Kreise gewisse Concessionen zu machen, aber nur formelle! — Ihr werdet mich nie dazu bringen:

1) meine persönliche Freiheit zu opfern
2) mit Euren Schablonegedanken zu denken
3) mit Euren Schablonegefühlen zu fühlen.

Das giebt es einfach nicht für mich! Und wenn Sie mir nicht heute schon garantiren können, daß ich ich selbst bleiben darf, so .... na, Gottseidank, Sie sind ja schließlich nicht die einzige neunzackige Krone, die sich vor der Allmacht des Dollars beugt!

v o n R h o d e. Miß Mary, Sie zeigen sich mir heute von einer peinlich neuen Seite.

M i ß N e w m a n (ungeduldig). Ach, es muß doch endlich einmal gesagt werden!

v o n R h o d e. Sie sprachen soeben von Concessionen: Gut, machen Sie mir wenigstens die eine, daß Sie nach unserer Verheirathung aufhören, bei Cafarelli Unterricht zu nehmen?

M i ß N e w m a n. Versprechen will ich es nicht, schon aus Prinzip nicht.

v o n R h o d e. Da muß doch aber ein spezielles In= teresse bei Ihnen für diesen .... Menschen vorhanden sein.

M i ß N e w m a n. Gott ja! er interessirt mich. Wir Amerikanerinnen haben auch so nebenbei unsere Romantik und unsere Sensationsbedürfnisse.

v o n R h o d e. Dieser Kerl! ..... Fast möchte ich wünschen, daß ihm die Mutter gestorben wäre ... !

Miß Newman. Pfui, Graf!

von Rhode. Es ist ein häßlicher Wunsch, ich weiß, aber dann würde wenigstens heute nichts aus dem Unterricht!

Miß Newman. O da irren Sie; man erfährt ein Unglück nie spät genug. Ich geb' ihm natürlich die Depesche erst nach der Stunde! (auf die Uhr sehend, sich erhebend) . . . Und jetzt, lieber Graf, darf ich Sie wohl bitten! . . . . Cafarelli muß jeden Augenblick kommen und ich wünsche selbstredend nicht, daß es nochmals zu einem Rencontre zwischen Euch kommt!

von Rhode (ist auch aufgestanden). Ich gehe ja schon; ich weiche diesem mit Schimpf und Schande davongejagten italienischen Offizier (küßt ihr die Hand und geht).

Miß Newman. Addio Graf; bessern sie sich! (winkt ihm leicht mit der Hand nach; dann drückt sie an den elektrischen Knopf einer Klingel und setzt sich, die vorige Weise wieder spielend, ans Klavier).

John (nach einer Weile). Miß Newman?

Miß Newman. John, rücken Sie zwei Sessel an den Kamin. (John, während sie spielt, thut das Geheißene.)

Miß Newman. Sobald Signor Cafarelli kommt, bringen Sie den Thee!

John. Bereits fertig?

Miß Newman. Nein, nur das Wasser; ich werde ihn selbst zubereiten. Man kann in Deutschland keinen Thee machen . . . . Hören Sie John: die Frau schien vorhin sehr theilnahmsvoll; das Telegramm enthält vermuthlich eine unangenehme Nachricht.

John (bedauernd). Oh!

Miß Newman. Ich wünsche nicht, daß man Herrn Cafarelli draußen im Corridor was davon sagt; ich will ihn selbst vorbereiten.

John (sich verbeugend, will gehen).

Miß Newman. Ich denke, Sie machen Licht, John.

John (schaltet den elektrischen Strom ein. Helles elektrisches Licht fluthet vom Kronleuchter durch die Räume).

Miß Newman. Lassen Sie die Jalousien herunter!

John (thut das Geheißene).

Miß Newman (ihr Spiel unterbrechend). Nehmen Sie sich doch ein bischen in Acht, John! .... Und dann das Licht (führt sich mit der Hand über die geblendeten Augen). Bringen Sie eine Lampe mit Schirm. (John ab; Miß Newman steht auf und betrachtet, wieder einige Takte trällernd, vor dem Spiegel ihre Toilette, indem sie in ihrer Frisur nestelt.)

John (mit einer Lampe mit rothem Schirm; stellt sie auf den Tisch).

Miß Newman. Cigaretten, John! (John ab.)

Miß Newman (nimmt die Lampe, stellt sie auf den Spiegeltisch und betrachtet den Reflex des rothen Lichtes auf Körper und Gesicht; für sich). Fine! very fine indeed! (trägt die Lampe wieder zurück).

John (mit den Cigaretten, die er auf ein Rauchservice stellt).

Miß Newman. Welche Marke?

John. Janaclis!

Miß Newman (nickend). Es ist gut John. (John ab; Miß Newman hält einen Augenblick die Hand vor die Stirn, wie um sich an etwas zu erinnern. Dann fällt es ihr plötzlich ein. Sie schaltet den elektrischen Strom aus, trällert wieder ein paar Takte und streckt sich im Scheine der rothen Lampe auf dem Tigerfell aus.)

Cafarelli (nach einer Weile; er bleibt unentschlossen an der Schwelle stehen, da er Miß Newman nicht alsbald bemerkt).

Miß Newman (langsam den Oberkörper von der Chaiselongue lösend, lachend). Buona sera, Signore!

Cafarelli Ah, Signorina! (eilt auf sie zu, küßt ihr die Hand) Buona sera!

Miß Newman (will sich erheben).

Cafarelli (lebhaft und galant protestirend). Prego! ... Non s'incommodi .... no, no!

Miß Newman. Si, sì (steht auf und schaltet den elektrischen Strom wieder ein).

Cafarelli (sich die Hand vor die Augen haltend). Oh, makt weh an die Augen!

John (mit dem Theewasser).

Miß Newman. Ich darf Ihnen eine Tasse Thee anbieten, Signore?

Cafarelli (sich verbeugend). Con piacere! (John ab, während M. N. den Thee durchsiebt.)

Miß Newman (ihn zum Sitzen einladend). Was giebt's Neues?

Cafarelli (den Kopf schüttelnd). Nix Guttes!

Miß Newman. Oh!

Cafarelli (traurig). Mein arme Mutter ist sehr kranke!

Miß Newman (mit dem Thee beschäftigt). Es ist doch hoffentlich nichts Bedenkliches?

Cafarelli. Die drei letzte Tag ik war viel gebangt.

Miß Newman. Man muß nicht gleich den Kopf hängen lassen!

Cafarelli. Eit Gottseidank geht ein wenik besser, mei Schwester schreibt.

Miß Newman. Sie haben eine Schwester? ... Das wußt' ich ja garnicht! ... älter oder jünger wie Sie?

Cafarelli. Oh ... ist nok eine Kind von ßekszehn Jahr!

Miß Newman. Hübsch?

Cafarelli (zärtlich). Bella! ... ah, com' è carina! (küßt sich die Fiugerspitzen).

Miß Newman. Sieht sie Ihnen ähnlich?

Cafarelli. Ik weiß nikt! . , . (lächelnd) man sagt ..

Miß Newman (eingießend). Bitte! Hier ist Rum und da ist Cognac. ... Nun, Sie zwinkern ja so mit den Augen? ... Aha, das Licht (steht auf und schaltet den Strom aus).

Cafarelli. m ... ßo ist sehr gemiethlik für zu maken italienische Studien! ... Dank scheen!

Miß Newman (sich wieder setzend). Ich muß Ihnen leider gestehen, daß ich die heutige Lektion nicht gelernt habe.

Cafarelli. Oh, Sie sein eine Faulpelz, Miß Newman!

Miß Newman. Ich bin auch heut so zerstreut! ... Sehen Sie, eben habe ich mir Zucker in den Thee genommen, was ich sonst nie thu ... Ich denke, wir plaudern lieber ein bischen, anstatt zu arbeiten .... Sind Sie abergläubisch, Signor Cafarelli?

Cafarelli. Jeder Italiener ein wenik ist aberglaubik.

Miß Newman. Also denken Sie, was mir geträumt hat in der vorigen Nacht! ... Mir träumte, ich hatte ein Stück beschriebenes Papier in der Hand. Was drauf stand, wußte ich selber nicht aber mir ahnte als ob es nichts Gutes wäre. Es zu lesen war mir verboten worden und so gab ich es einem guten Bekannten um von ihm den Inhalt zu erfahren. Doch der sagte, als er hineingeblickt hatte nichts, garnichts; er wischte sich bloß mit dem Taschentuch eine Thräne aus dem Gesicht und ging fort ... Ist das nicht ein kurioser Traum?

Cafarelli (nickend). curiosissimo!
Miß Newman. Nicht wahr? .... was mag er bedeuten.
Cafarelli (nachdenklich). Schwerr zu sagen .....
Vielleikt ... (lächelnd). Signorina eine Erklärunk ik wirde aben, abber ...
Miß Newman. Na, bitte!
Cafarelli (lachend). Sie werden sein sekkierte ...?
Miß Newman. Nein nein, reden Sie nur!
Cafarelli. Die Papier ist eine Telegramm ...
Miß Newman (überrascht, unterbrechend). Ein Telegramm?
Cafarelli. Ja, eine Telegramm! Sie surkten zu effnen wegen slekte Nachrikt un warten auf Ihr gutte Freind Graf Rhode, ... Die komm ... (lacht) die makt auf (lacht). Die wird blaaß ... (lacht) die at eine Thrän in Gesikt (lacht) ... dreht sik kurze um auf Apsaatz von Stiefel und marschier' aus die Zimmer.
Miß Newman. Und die Depesche?
Cafarelli (lachend) ist von Ihre Bankier aus Nova-Jork ...
Miß Newman. Aus New-York?
Cafarelli. Un sagt, daß Miß Newman at verloren underttausend Dollar bei Borße.
Miß Newman (belustigt). Nicht übel! .. Aber ich spekulier n'cht, Gottseidank!
Cafarelli. Schade! .... Dann die Graf wird sik nikt umdrehn auf Apsaatz, ßondern wird bleiben un eirathen Miß Newman.
Miß Newman. Warum schade? ... Ganz offengestanden: Wenn Sie anstelle des Grafen wären, würden Sie dann nicht genau ebenso handeln?
Cafarelli (verschmitzt). No Signorina! ... Wenn Miß Newman atte verloren underttausend Dollar bei Borße, sie wirde bealten genunk Geld um zu leben glicklik mit Cafarelli.
Miß Newman (lachend). Da kennen Sie mich schlecht!
Cafarelli. No Signorina! Eine gutte Lieb ist werth underttausend Dollar!
Miß Newman (kokett). Sie eingebildeter Mensch! Wer sagt Ihnen denn, daß ich Sie .... (stockt).

Cafarelli (einen Kuß auf ihren Unterarm drückend, dessen Aermel sich zurückgeschlagen hat) Wer mir sagt? ... (sich auf's Herz schlagend) Il cuore!

Miß Newman (die Cigaretten präsentirend). Versuchen Sie mal eine von diesen Cigaretten! ... sie sind nicht schlecht und beruhigen die Nerven! (steckt ihm eine Cigarette in den Mund und sich dann ebenfalls eine).

Cafarelli (ihr das Spirituslämpchen hinhaltend und dann ebenfalls seine Cigarette daran anzündend, will wieder ihren Arm ergreifen und küssen).

Miß Newman (aufstehend). Ich denke, wir setzen uns lieber dort an den Kamin! ... (lächelnd): man ist sich dort weniger nah! (sie geht und setzt sich auf einen der beiden Sessel am Kamin).

Cafarelli (ihr nach, dicht an ihrem Sessel stehen bleibend, sich etwas niederbeugend) Was Sie aben für wunderschene Aar!

Miß Newman (auf den leeren Sessel deutend). Bitte mein Herr — dorthin!

Cafarelli (sich tiefer beugend). Ah un eine wunderbare Genick! (küßt sie schnell und stürmisch auf den Nacken).

Miß Newman. Signor Cafarelli!

Cafarelli. Signorina Newman?

Miß Newman. Ich weiß garnicht, was Ihnen einfällt! Sie waren schon das vorige Mal so keck!

Cafarelli. Keck? ... was ist?

Miß Newman. Unverschämt sind Sie!

Cafarelli. No, Signorina Mary ... Marietta! (lacht).

Miß Newman. Wollen Sie sich etwa über mich lustig machen?

Cafarelli. Ma no! ..... ik bloß mußte denken an eine andere Dame auf von Name Marietta.

Miß Newman. Küssen Sie diese andere Marietta! ... ich mag nicht als Episode unter Ihren Liebesabenteuern figurieren.

Cafarelli. Sie sollen sein la mia sola, la mia unica Marietta!

Miß Newman. Sein Sie vernünftig .... setzen Sie sich und erzählen Sie mir lieber was'

Cafarelli (zärtlich). Marietta! (will sich wieder niederbeugen).

Miß Newman (wehrt ihm mit beiden Armen).

Cafarelli. Marietta! (hält mit der Linken ihre beiden Handgelenke fest). Jo ti amo Marietta! (umfaßt sie mit der Rechten und küßt sie mehrmals stürmisch auf den Mund).

Miß Newman (sich endlich losreißend, aufspringend). Cafarelli! Sind Sie bei Sinnen? ... (Haar und Toilette ordnend) Was ... was glauben Sie denn eigentlich von mir?

Cafarelli (retirirend, sich auf den andern Sessel setzend; mit komischer Zerknirschung). Jetzt ik bin artik! ... (die Hände faltend) Sehen Sie Marietta, ganz artik! .. oh, so artik!

Miß Newman (dreht ihm den Rücken).

Cafarelli (bittend). Marietta! ... nikt bös sein, Marietta!

Miß Newman (schmollend ohne sich umzudrehen). Ach, gehen Sie!

Cafarelli (bittend). Marietta!

Miß Newman. Sie sind ein ganz garstiger Mensch!

Cafarelli. Garstik? Was ist? ... Ah ja, ik weiß: ist äßlik inwendik, .. makt nix! ... Sitzen Sie wieder, Marietta, ik bitt!

Miß Newman (zögernd, sich umdrehend). Unter einer Bedingung: Sie rühren sich nicht von der Stelle!

Cafarelli. Gutt is.

Miß Newman. Sie wagen weder durch Blicke ...

Cafarelli. Gutt is.

Miß Newman. noch durch Worte ...

Cafarelli. Oh, Marietta, sind abber schon Bedingungen drei!

Miß Newman mich zu ärgern.

Cafarelli. Gutt is! ik werde sein bliude, taube un stumme wie eine Leiknam.

Miß Newman (sich wieder setzend). Das sollen Sie garnicht. Im Gegentheil, Sie sollen mir was erzählen ... was aus Ihrem Leben in Italien ... z. B. ... (nachdenklich). Ja, z. B. wie es kam, daß Sie Ihren Abschied nahmen?

Cafarelli (ernst). No, ik abe bekomme, nikt genomme!

Miß Newman. Also schön! Wie Sie ihn bekamen.

Cafarelli (ironisch). Warum Sie fragen nikt Ihre angebetete Graf? ... Die sein so gutt informirt!

Miß Newman. Vielleicht ziehe ich es vor, es von Ihnen selbst zu hören.

Cafarelli (nach kleiner Pause; mit gerunzelter Stirn). Insubordinazione!

Miß Newman. Jaja!... aber wieso?

Cafarelli (wieder nach einer Pause, während welcher er den Kopf in die Hand stützt). Signorina, aben Sie ge—ert sagen von Fort Macalle in Affrika?

Miß Newman. Macalle?... hm, mir ist, als hätte ich vor einigen Jahren den Namen öfter in amerikanischen Zeitungen gelesen.

Cafarelli (lebhaft nickend; dann traurig). War unser schenste un beste.... fortezza, wie eßt?

Miß Newman. Festung.

Cafarelli: Dank schen: beste un schenste Fehstunk in Affrika!... Leider Macalle at gelaßt viel zu winschen insiflik Wasser, welke immer mußte sein gebrakt durk Eseln aus große Distanz... Capisce?

Miß Newman. Gewiß, ich verstehe vollkommen.

Cafarelli. Jetzt if atte in Affrika eine Auptmann, welfe vielleift atte getauft mehr zu sein eine von jene Eseln fir Wasser bringen als Chef eine Compagnie gegen die Schoani! ... Ein Tafs nemlif die Schoani kam stark breitausend Mann gegen Macalle um zu nehm Ssoldate, Eseln un Wasser un so zu make sterben von Durst die Italiener in Macalle.

Deo colonello Galliano schickt uns gegen die Feind mit Ordre aufzualten ihn so lang, bis Fort Macalle wirde sein gewesen versorkte mit Wasser... Capisce?

Miß Newman (nickend). Vollkommen, vollkommen!

Cafarelli. Unser Compagnie lag gesteckt inter... colli...?

Miß Newman (nachdenkend). colli...?.. Mauern?

Cafarelli (ungeduldig). Ma no, Signorina!.... Come?... Wie Sie wollen, daß sein Mauern in abyssinische Wieste?... Colli... mein Gott, sind kleine Berge...

Miß Newman. Aha, Hügel!

Cafarelli. Si, Igel! (sich erhebend, lebhaft im Salon herumgestikulirend). Also ier, die Piano ist Fort Macalle; ier in Mitte die Tisch sein Igel mit wir da—inter un dort Kamin mit Sjesseln breitausend Schoani, welke wie Donnerwetter komm gegangen direttamente gegen die Igel!... Wenn die Expedizione mit Eseln un Wasser wird aben erreift Macalle, unser

Mission war beendikt un wir wirden aben gekonnt zurick zu Auptarmee.... Anfangs unser capitano thut ganz gutt: Er laßt komm die Schoani nah bis gegen zwei kilómetri....

Da, auf eine Mal die Kanon mak: „pank—pank—pank!" un brink eine freklike confusione unter die Schoani nikt wissend, ob soll maken kehrt oder vorwerts oder sonstwie.

In diese Moment Leitnant Morelli reitet ran Auptmann. (salutirend). „Capitano ik bitt: jetzt snell Cafarelli mit zehn Kanon von Front un mir mit ebensoviel in linke Flank!"

Dok die Auptmann sagt: Aspettate!.. nok nikt!.... warten!"

Wieder die Kanon mak: „pank—pank—pank!" abber nikt mehr so effektiv wie die erste Mal, denn die schlau Unde von Schoani, abend gemerkt weiß Gott wie, unser swake posizione, formier snell zwei Fronte anzugreifen gleikzeitik von beide Seite uns in albe Cirkel....

(impulsiv): Ik kaum seh, gallopier auf ik an Auptmann: (salutirend) „Capitano. per l'amor di Dio — um Gotteswille snell Flankenangriff, sonst alles ist zu spät!"

Dok die Auptmann sagt: Niente! — ist nix als eine Finte!... aspettate ... warten!"

Die situazione immer wird slimmer un immer sagt Auptmann: „Niente — warten!"... Die Kanon todte keine Feind mehr, blos nok unschuldike Palme und schoanische Maulthier. — Schließlik die Auptmann mit sein verflukte Warten und immer Warten je—end den kommenden Unglick, will lassen blasen Retraite. Ik un Morelli, wir protestier appellirend an patriottische Gesiel fier arme ausgeburstete Mannschaft von Macalle. Dok die Auptmann gipt Ordre fier ritirata!! Da, nikt wissend mehr was ik thu, ik reiß die Trompet ap von Mund des suonatore un (das italienische Angriffsignal laut nachahmend) .... mit all' mein Athem ik blas': Avanti, avanti! (Cafarelli schweigt eine Weile).

Miß Newman (die mit lebhaftem Interesse zugehört hat): Weiter ... weiter!

Cafarelli (leise). Wir aben gekämpft nok eine albe Stund, bis Macalle war versorkt mit Wasser.

Miß Newman. Und dann?

Cafarelli (traurig). Un dann wer nift war gebliebe tot, war fwer verwundet. Die Tote man fchn'tt ap ein Arm un ein Bein … mantmal auf die nof Lebende … un die Verwundete wurde gebrakt fangen zum Negus.

Miß Newman (theilnahmsvoll). Und Sie blieben lange in Gefangenschaft?

Cafarelli. Sieben freklife Monat, Signorina, abber war weniger freklif als Kriegsgerft nak gekehrt zurick, welke mir hat verurtheilt zu sein entlassen aus italienische Eer wegen insubordinazione begange im Angesift des Feind!! (er setzt sich erschöpft an den Theetisch und stützt das Haupt in die Hand).

Miß Newman (sich ihm langsam nähernd). Aber man mußte doch Ihre Tapferkeit anerkennen, Ihre Verdienste um die Mannschaft von Macalle?

Cafarelli (wie oben). Oh, gewieß! … sonst if wirde sein geworden fusilliert … Wär besser gewesen fir mif!

Miß Newman (ihm die Hand auf die Schulter legend, bitteud), Cafarelli!

Cafarelli. Semmtliche Offizier von mein Redschiment — ausgenommen diese Auptmann — aben gemakt Gnaden=gesuf an Kenif Umberto … Vergebens, obgleif die Kenif ist so gutt! …. Einige Wochen sind mein brave Colonello Galliano pensioniert wegen invalidità, at publiciert ein Buf: Un cuore italiano o la verità sul tenente Luigi Cafarelli! — Ein italienische Erz oder die Wahrzeit ieber Leitnant Ca=farelli! ….. Dort if bin genannt l'eroe di Macalle! (ironisch lächelnd) — Die Eld von Macalle! … (stiert vor sich hin)

Miß Newman (ihm wieder die Hand auf die Schulter legend). Das muß Sie doch mit Genugthuung erfüllen, Cafarelli?

Cafarelli. Wenif! … Meine Kameraden aben ge=makt ein neie Bitt fier Gnade bei Umberto … aber if weiß nift, der Kenif in meinem Fall ist ein so arte Mann! … man mir schreibt, ist slefte Ausfift fier reabilitazione!

Miß Newman (schmeichelnd). Cafarelli!

Cafarelli (sieht auf und blickt sie fragend an).

Miß Newman (lächelnd). Es kann ja nicht viel für Sie bedeuten, Cafarelli, aber in meinen Augen sind Sie immer was sie gewesen sind: ein tapferer Offizier, ein Held!

Cafarelli. Grazie, Signorina! (küßt ihre Hand).

Miß Newman (kokett). Signorina?.... Cafarelli vorhin sagten Sie doch Marietta!

Cafarelli (einen Augenblick verwirrt, dann plötzlich aufspringend, jubilierend). Marietta! (preßt sie an sich, ihren Mund mit feurigen Küssen bedeckend).

Miß Newman. uhm, uhm... Cafarelli!... Luigi, ich erstícke!

Cafarelli (auf die Knie sinkend). Marietta! (preßt seinen Kopf an ihre Knie).

Miß Newman (beugt sich nieder und küßt ihn, mit beiden Händen seinen Kopf fassend, auf die Stirn).

Cafarelli (kniend). Marietta! erst if ab geträumt zu werden Dein Mann, weil Du bist ibsch un reif, dann if ab geträumt zu werden Dein Mann, weik Deine angebetete Graf at gesollt platze von Eifersuft.... In diese edle Absikt if kam eit un die vorikte Mal. Un jetzt, if muß werden Dein Mann, weil if Dik liebe, Marietta!

Miß Newman (ihm das Haar streichelnd). Luigi!... sei vernünftig, Luigi!

Cafarelli (flehend). Sii mia, Marietta!

Miß Newman. Ich habe dem Grafen mein Wort gegeben, Luigi!

Cafarelli Sii mia, Marietta!

Miß Newman. Komm Luigi (sich losmachend).... komm, setz Dich mal hierher zu mir (hat den Sessel am Kamin wieder eingenommen).

Cafarelli (sich langsam erhebend, sieht sie groß an).

Miß Newman (wieder aufstehend und Cafarellis Sessel dicht an den ihrigen rückend). Ich bitt Dich, komm her!

Cafarelli (langsam sich nähernd, setzt sich neben sie).

Miß Newman. Mein lieber boy... (seine Hand ergreifend) heirathen können wir uns nicht.... Siehst Du das nicht ein?

Cafarelli (ungeduldig, erregt). Ma no Marietta! no—no—no!

Miß Newman (seine Hände streichelnd). Du darfst mir nicht böse sein, Luigi, aber ich kann nur einen Mann nehmen, der was ist!... einen Mann von Rang und Stellung...! Nicht so finster, Luigi, ich hab Dich ja lieb! (küßt ihn)... Siehst Du, so lieb!

Cafarelli (bitter). Ist wahr: ik bin nix!... nix als die Eld von Macalle! (sich erhebend).

Miß Newman. Nein, so darfst Du nicht fortgehn, Luigi! Du mußt mir versprechen mein Freund zu sein und zu bleiben! (streckt ihm beide Hände entgegen).

Cafarelli (schüttelt traurig den Kopf).

Miß Newman. Luigi! (aufstehend, beide Arme um seinen Hals schlingend).

Cafarelli (sich losmachend, rauh). Via!... va via Marietta!

Miß Newman (bittend). Du wirst wiederkommen, Luigi?

Cafarelli (erregt). Nein, ik werde nikt wiederkommen!

Miß Newman (schmollend wie ein Kind). Ja, Du mußt aber, Luigi!

Cafarelli (ernst). Versprikst Du zu wekseln Meinung?

Miß Newman (nicht verstehend). Wie denn?

Cafarelli. Zu werden meine un die Graf zu maken gehn?

Miß Newman (mit gesenktem Kopfe, leise). Unmöglich, Luigi!

Cafarelli (sich jäh umwendend). Abbio Signorina!

Miß Newman (ihn am Aermel festhaltend, bittend). Luigi! ... hör doch Luigi! ... Luigi, ich hab Dir was zu sa— —, zu geben Luigi, ... Ja, wirklich Luigi! ... hier! (zieht das Telegramm aus der Tasche der Matinee, zögert es ihm zu geben). Du ... Du ... Du darfst aber nicht ... (stockend, dann schnell) nicht erschrecken Luigi!

Cafarelli (sieht sie groß an].

Miß Newman (reicht ihm zigend das Telegramm).

Cafarelli (erbleichend, öffnet es mit nervös zitternden Händen. Er liest, seine Brust athmet schwer).

Miß Newman (sich die Augen wischend, weint lautlos].

Cafarrelli (stößt erst einige unartikulierte Laute aus, um dann ertönen zu lassen ein jubelndes) urra! .. urra! urra! schwingt di Depesche in der Rechten).

Miß Newmann (erschrocken, vorwurfsvoll). Luigi!

Cafarelli (lesend). Firenze! Gli ufficiali del sesto artigleria si congratulano col capitano Luigi Cafarelli! — Firenze, die Offizier von sesste Artillerierebschiment gratulier sik mit Auptmann Luigi Cafarelli! .... Der gutte Kenik at gemakt Gnade! Evviva il Rè.

Miß Newman (fassungslos vor Ueberraschung). Du ...? Du bist zum Hauptmann ernannt?

Cafarelli. Oh, Marietta, ik bin so gliklik! ... Oh, das wird sein eine Fest in Firenze! ... (innig) Meine liebe, gutte, brave Kamerade! ... Nok eit Abend ik reis in Italien! ... Addio la Germania, addio Marietta! (küßt sie flüchtig und will fort) ... urra! urra! urra!

Miß Newman (gekränkt). So leicht wird es Dir, mich zu verlassen?

Cafarelli (lachend). Du bist nikt verlasse mit Deine angebetete Graf!

Miß Newman (nach sichtbar innerlichem Kampfe). Nimm mich mit Luigi!

Cafarelli. Oh, ik mekt schon, aber ik mekt nikt kompromettier eine Dame, welke ist verlobte!

Miß Newman (an seine Brust sinkend). Dein Weib will ich sein!

Cafarelli (sich langsam losmachend). No, Marietta!

Miß Newman (die Hände bittend zusammenschlagend, wie ein Kind). Ja! ja! .... ja!

Cafarelli. No, das kann nikt sein, Marietta!

Miß Newman (weinerlich, bittend). Luigi!

Cafarelli (die Hand mit nach oben gestrecktem Zeigefinger unmittelbar vor seiner Brust haltend, bewegt sie mit der bezeichnend italienischen Geste der Verneinung pendelartig dreimal hin und her).

Miß Newman. Wenn ich aber doch dem Grafen garnicht gut bin!

Cafarelli. Das makt nix, Marietta! ... Du nikt ast gewollt partecipier an mein Unglück, Du auk nikt kannst partecipier an mein Glück! ... Du mik ast refusiert fier zu sein einfak Luigi Cafarelli, jetzt ik refusier dik fier zu sein il capitano Luigi Cafarelli! .... Leb wohl, Marietta, leb wohl! (er eilt hinaus).

Miß Newman (hat ihn vergebens zurückhalten wollen und stiert jetzt nach der Mittelthür, durch die er verschwunden ist. Sie läßt die Arme schlaff am Körper herabsinken und eilt dann plötzlich nach dem Fenster um ihm nachzusehen).

John (nach einer Weile). Der Herr Graf!

Miß Newman (sich umwendend, heftig). Ich, ich . . . . ich . . . (plötzlich sich beherrschend) ich lasse bitten! (Sie setzt sich wieder ans Klavier und greift einige Takte). (Der Vorhang fällt.)

Ende.